어린 왕자

Le Petit Prince

어린 왕자

레옹 베르트에게

이 책을 어떤 어른에게 바치는 것에 아이들에게 용서를 구하고 싶다. 내게는 그럴 만한 중대한 이유가 있다. 그 어른은 세상에서 나와 가장 친한 친구일 뿐만 아니라 모든 것을 이해할 줄 알기에 어린이들을 위한 책까지도 이해할 수 있는 사람이다. 그런데 그 어른이 지금 프랑스에서 굶주리며 추위에 떨고 있다. 그에게는 정말이지 위로가 필요하다. 이 모든 이유로도 충분하지 않다면 나는 이 책을 어린 시절의 그에게 바치려 한다. 모든 어른도 처음에는 어린아이였다. (이 사실을 기억하는 어른은 많지 않다.) 그러므로 나는 나의 헌사를 이렇게 고쳐 쓴다.

어린 시절의 레옹 베르트에게

I

여섯 살 무렵 나는 원시림을 다룬 『실제로 겪은 이야기』라는 책에서 멋진 그림을 본 적이 있다. 맹수를 집어삼키는 보아 뱀 그림이었다. 아래 그림은 그걸 베껴 그려본 것이다.

그 책에는 이렇게 쓰여 있었다.

"보아 뱀은 먹이를 씹지 않고 통째로 집어삼킨다. 그러고 나서 꼼짝도 하지 않고 먹이가 소화될 때까지 여섯 달 동안 잠을 잔다."

그래서 나는 밀림에서 펼쳐질 모험을 골똘히 생각해본 다음 색연필로 내 생애 첫 번째 그림을 그려보았다. 그것은 내 그림 제1호였다. 바로 이런 그림이었다.

나는 내가 그린 걸작을 어른들에게 보여주고 그림이 무섭지 않으냐고 물어보았다.

어른들은 "모자가 무섭다고?"라고 대답했다.

나는 모자를 그린 게 아니었다. 그것은 코끼리를 소화시키고 있는 보아 뱀이었다. 그래서 나는 어른들이 이해하기 쉽게 보아 뱀의 속을 그렸다. 어른들은 언제나 설명해주기를 바란다. 내 그림 제2호는 이렇게 해서 세상에 나왔다.

어른들은 속이 보이거나 보이지 않거나 하는 보아 뱀 그리기 따위는 접어두고 차라리 지리나 역사, 산수, 문법에 흥미

를 갖는 편이 낫겠다고 충고해주었다. 그래서 나는 여섯 살 때 화가라는 멋진 직업을 포기해버렸다. 내 그림 제1호와 제2호가 실패해서 낙심했던 것이다. 어른들은 절대 혼자서 이해하지 못한다. 매번 설명해주어야 하니 아이들에게는 피곤한 일일 수밖에.

결국 다른 직업을 선택해야 했던 나는 비행기 조종하는 법을 배웠다. 그리고 거의 전 세계를 날아다녔는데, 지리 관련 지식이 내게 많은 도움이 된 것만은 확실하다. 나는 한눈에 중국과 애리조나를 구별할 수 있었다. 그것은 한밤중에 길을 잃었을 때 대단히 쓸모가 있었다.

그렇게 세계를 돌아다니는 동안 점잖은 사람을 수없이 만났다. 어른들의 세상에서 많은 경험을 해본 것이다. 나는 그들을 아주 가까이서 지켜보기도 했다. 그렇다고 해서 어른들을 바라보는 내 시각이 달라진 건 아니었지만.

조금이라도 똑똑해 보이는 어른을 만나면 나는 늘 간직하고 있던 내 그림 제1호를 꺼내 그 사람을 시험해보곤 했다.

그 사람이 정말로 무언가를 이해할 수 있는지 알아보고 싶었던 것이다. 그렇지만 돌아오는 대답은 늘 똑같았다.

"모자를 그렸군요."

그러면 나는 그 사람에게 보아 뱀과 원시림 그리고 별에 대한 이야기는 꺼내지도 않았다. 대신 그 사람이 이해할 만한 이야기를 했다. 브리지 게임이나 골프, 정치, 넥타이 등을 이야기하는 것이다. 그러면 그 어른은 반듯한 청년을 알게되었다며 무척 흡족해했다.

2

나는 마음을 터놓고 이야기를 나눌 사람 없이 오랜 시간을 홀로 지내왔다. 여섯 해 전, 사하라 사막 한가운데서 비행기가 고장을 일으키기 전까지 말이다. 비행기 모터의 어떤 부분이 망가져버리고 만 것이다. 그때 내 곁엔 정비공도 승객도 없어 혼자서 어려운 수리를 해야 할 상황이었다. 그것은 내게 사느냐 죽느냐 하는 문제였다. 물이 여드레 동안 마실 분량밖에 없었기 때문이다.

첫날 밤, 사람들이 사는 마을에서 수만 리나 떨어진 사막에서 잠이 들었다. 나는 망망대해를 떠도는 뗏목에 몸을 내맡긴 조난자보다 더 고립된 신세였다. 그러니 동이 텄을 때 나를 깨우는 작은 목소리를 듣고 얼마나 놀랐을지 상상이 가지 않는가.

한 번도 들어본 적 없는 그 목소리는 내게 이렇게 말했다.

"저기…… 양 한 마리만 그려줄 수 있어?"

"뭐?"

"양 한 마리만 그려줘……."

나는 벼락을 맞은 것처럼 깜짝 놀라 자리에서 벌떡 일어났다. 그러고는 두 눈을 비비고 주변을 둘러보았다. 이상한 옷을 입은 사내아이가 심각한 표정으로 나를 바라보고 있었다. 이 그림은 시간이 흘러 내가 그 아이를 그린 그림들 가운데 가장 잘된 것이다. 그렇지만 내 그림은 실제 모델보다는 훨씬 매력이 떨어진다. 그것은 내 잘못이 아니다. 나는 어른들 때문에 화가라는 직업을 포기해버렸고, 속이 보이거나 보이지 않는 보아 뱀을 그린 것 말고는 그림을 그려본 적이 한 번도 없었으니까 말이다.

깜짝 놀라 휘둥그레진 눈으로 그 사내아이를 바라보았다. 당신은 당시 내가 있던 곳이 사람들이 사는 마을에서 수만 리나 떨어져 있다는 사실을 잊지 말기 바란다. 하지만 그 작은 아이는 길을 잃은 것처럼 보이거나 지쳐 보이지 않았다. 배가 고프거나 목이 마른 것 같지도 않았고 두려워하는 것 같지도 않았다. 사람들이 사는 마을에서 수만 리 떨어진 사막 한가운데서 길을 잃은 아이의 모습이라고는 도저히 생각

이 그림은 시간이 흘러
내가 그 아이를 그린 그림들 가운데 가장 잘된 것이다.

할 수 없었다. 나는 가까스로 용기를 내어 아이에게 말을 건넸다.

"그런데…… 넌 여기서 뭐 하니?"

그러자 아이는 자못 심각한 표정을 지어 보이더니 나지막하게 다시 말했다.

"양 한 마리만 그려줘. 부탁이야……."

신비한 일이 아주 강렬하게 다가오면 감히 이를 거부할 수 없는 법이다. 사람들이 사는 마을에서 수만 리 떨어진 데다 죽음의 위기에 처한 상황에서 어처구니없게 보일 수도 있겠지만 나는 주머니에서 종이 한 장과 만년필을 꺼냈다. 그 순간 내가 열심히 배운 거라고는 지리나 역사, 산수, 문법이라는 생각이 떠올랐다. 그래서 나는 (약간 신경질적으로) 그 작은 사내아이에게 그림을 그릴 줄 모른다고 말했다. 아이가 대답했다.

"상관없어. 양 한 마리만 그려줘."

양을 단 한 번도 그려본 적이 없어 내가 그릴 줄 아는 그림 두 개 중 하나를 그려주었다. 바로 속이 보이지 않는 보아 뱀 그림이었다. 그런데 그 아이가 하는 말을 듣고 놀라지 않을 수 없었다.

"아니야! 이게 아니라고! 코끼리를 삼킨 보아 뱀을 그려달라는 게 아니야. 보아 뱀은 너무 위험하고 코끼리는 너무 거

추장스러워. 내가 사는 곳은 아주 작아. 난 양이 필요해. 양 한 마리만 그려줘."

그래서 이번에는 양을 그리기 시작했다.

그 아이는 그림을 꼼꼼히 들여다보더니 말했다.

"아니야! 이 양은 병들었잖아. 다른 양을 그려줘."

나는 또다시 양을 그렸다.

자그마한 내 친구는 상냥하게 웃으며 말했다.

"자, 봐봐. 이건 양이 아니라 염소라고. 뿔이 있잖아……."

할 수 없이 또 다른 양을 그렸다.

하지만 이번에도 거절당하고 말았다.

"이 양은 너무 늙었어. 오래오래 살 수 있는 양을 그려줘."

나는 비행기 모터를 한시라도 빨리 뜯어고쳐야 한다는 생각에 마음이 조급해져 아무렇게나 대충 그림을 그렸다. 그러고는 아이에게 보여주며 말

했다.

"이건 상자야. 이 안에 네가 원하는 양이 들어 있어."

그 순간 나는 꼬마 심사관의 얼굴이 기쁨으로 빛나는 걸 보고 놀라지 않을 수 없었다.

"내가 원한 게 바로 이거야! 이 양은 풀을 많이 먹을까?"

"그건 왜?"

"내가 사는 곳은 아주 작아서 말이야……."

"걱정할 필요 없어. 그 양은 아주 작으니까."

자그마한 사내아이는 고개를 숙이고 그림을 한참 동안 들여다보았다.

"그렇게 작지도 않은데 뭘……. 이런! 벌써 잠들었네……."

이것이 어린 왕자와 나의 첫 만남이었다.

3

어린 왕자가 어디에서 온 건지 이해하기까지는 오랜 시간이 걸렸다. 그는 내게 많은 것을 물어보았지만 내 말은 조금도 귀 기울여 들어주지 않았다. 다만 어린 왕자가 우연히 내뱉은 단어들 속에서 모든 것이 조금씩 드러나기 시작했다. 이를테면 내 비행기를 처음 보았을 때(비행기를 그리지는 않겠다. 내가 그리기에는 너무 복잡하니까 말이다) 그는 이렇게 물었다.

"이건 무슨 물건이야?"

"이건 물건이 아니야. 하늘을 날 수 있거든. 비행기야, 내 비행기."

나는 그에게 내가 날 수 있다는 사실을 알려주며 어깨를 으쓱했다. 그러자 어린 왕자가 소리쳤다.

"뭐라고! 아저씨가 하늘에서 떨어졌다고?"

"그렇지."

나는 겸손하게 대답했다.

"와! 그거 정말 재미있네…….”

어린 왕자가 이렇게 말하며 해맑은 웃음을 짓자 나는 무척 짜증이 났다. 내 불행을 심각하게 여기지 않는 것처럼 보였기 때문이다. 그때 어린 왕자가 이렇게 덧붙였다.

"그럼 아저씨도 하늘에서 온 거잖아! 아저씨는 어느 행성에서 왔어?"

나는 그제야 어린 왕자가 신비로운 존재임을 밝힐 수 있는 희미한 빛 하나를 보았다. 그래서 당장 질문을 던졌다.

"그럼 너는 다른 행성에서 왔다는 말이니?"

그러나 내 질문에 어린 왕자는 대답하지 않았다. 그는 내 비행기를 보면서 가볍게 고개를 끄덕이더니 말했다.

"아저씨가 저걸 타고 왔다면 그렇게 먼 곳에서 올 수는 없었겠네…….”

그러고는 한동안 깊은 생각에 빠져 있다가 주머니에서 내가 그려준 양 그림을 조심스럽게 꺼내더니 한참을 들여다보았다.

내가 '다른 행성'이란 말에 얼마나 큰 호기심을 느꼈을지 상상할 수 있을 것이다. 그래서 나는 어린 왕자를 좀 더 자세히 알아보기로 했다.

"착한 꼬마야, 넌 어디서 왔니? 네가 사는 곳은 어디야? 내가 그려준 양을 어디로 데려갈 거니?"

어린 왕자는 입을 다물고 잠깐 생각하더니 대답했다.

"나한테 상자를 그려준 건 아주 잘한 일이야. 밤에는 양의 집으로 쓸 수 있을 테니까."

"물론이지. 그리고 네가 착하게 굴면 낮 동안 양을 매 놓을 줄도 그려줄게. 말뚝도 그려주고."

내 말에 어린 왕자는 충격을 받은 듯했다.

"양을 매 놓는다고? 그건 말도 안 되는 일이라고!"

"하지만 양을 매 놓지 않으면 아무 데나 돌아다닐 거야. 그럼 길을 잃을 테고……."

그러자 내 꼬마 친구는 웃음을 터뜨렸다.

"양이 어딜 가고 싶어 하는데?"

"어디든, 곧장 앞으로 달려나가면……."

그러자 어린 왕자는 진지한 표정으로 말했다.

"걱정하지 않아도 돼. 내가 사는 곳은 정말로 작거든!"

그러고는 조금 서글픈 마음이 들었는지 이렇게 덧붙였다.

"곧장 앞으로 달려나가도 아주 멀리까지 갈 수 없을 테니까……."

소행성 B612 위에 서 있는 어린 왕자

4

그렇게 해서 아주 중요한 두 번째 사실을 알게 되었다. 그 꼬마가 살던 행성은 집보다 아주 조금 더 클 뿐이라는 걸!

나는 그 사실에 크게 놀라지 않았다. 우리가 이름을 붙인 지구나 목성, 화성, 금성 같은 커다란 행성 말고도 수백 개의 다른 행성이 있으니까 말이다. 때때로 그것들은 망원경으로도 보기 어려울 만큼 아주 작다는 사실을 잘 알고 있었다. 천문학자는 그런 행성들 가운데 하나를 발견하면 이름 대신 번호를 붙여준다. 이를테면 '소행성 3251'이라고 붙이는 식이다.

　내게는 어린 왕자가 살던 행성이 소행성 B612라고 믿을 만한 충분한 근거가 있다. 이 소행성은 1909년 터키 천문학자에게 딱 한 번 발견되었을 뿐이다. 천문학자는 세계천문학학회에서 자신이 발견한 소행성을 훌륭하게 증명해 보였다. 하지만 천문학자의 허름한 차림새 때문에 아무도 그의 말을 믿으려 하지 않았다. 어른들은 늘 이런 식이다.

　시간이 흘러 터키의 어느 독재자가 유럽 사람처럼 옷을 입지 않는 자는 누구든 사형에 처하겠다고 위협했는데 이는 소행성 B612의 존재를 알리는 데 큰 도움이 되었다. 1920년 그 천문학자는 멋지게 옷을 차려입고 자신이 발견한 소행성을 다시 증명해 보였다. 그러자 이번에는 모든 사람이 그의 말을 믿었다.

    내가 소행성 B612가 어떤 행성인지 자세히 설명하고 행성 번호까지 알려주는 것은 어른들 때문이다. 어른들은 숫자를 좋아한다. 새로 사귄 친구 이야기를 들려주면 어른들은 진짜 중요한 것을 절대 물어보지 않는다. 그들은 결코 이런 것들을 궁금해하지 않는다.

    "그 애의 목소리가 어떠니? 그 애는 어떤 놀이를 좋아하는데? 그 애가 나비를 수집하니?"

    그 대신 어른들은 이런 것들을 묻는다.

    "그 애는 몇 살이니? 형제는 몇 명이고? 몸무게는 얼마나 나가니? 그 애 아버지는 돈을 얼마나 버시니?"

    그리고 나면 어른들은 비로소 그 아이를 알게 되었다고 생각한다. 만약 당신이 어른들에게 "분홍색 벽돌로 지은 아름다운 집을 봤어요. 창가에는 제라늄이 피어 있고 지붕 위에는 비둘기가 앉아 있었어요"라고 설명하면 그들은 그 집을 상상하지 못한다. 그 대신 이렇게 말해야 한다.

"10만 프랑짜리 집을 봤어요."

그러면 어른들은 "와, 근사한 집이구나!"라고 말한다.

만약 당신이 어른들에게 "어린 왕자가 매혹적이고 잘 웃고 양 한 마리를 원했다는 것이 그가 이 세상에 있었다는 증거예요. 어떤 사람이 양 한 마리를 원하면 그가 이 세상에 있다는 증거가 되는 거죠"라고 말하면 그들은 어깨를 으쓱하고는 당신을 어린아이 취급을 할 것이다! 하지만 "어린 왕자가 살던 행성은 소행성 B612예요"라고 말하면 어른들은 믿을 만하다고 여기고는 더는 캐묻거나 귀찮게 하지 않을 것이다. 어른들은 늘 이런 식이다. 그들을 나쁘게 생각해선 안 된다. 아이들은 어른들에게 아주 너그러워야 하는 법이다. 물론 인생을 이해하는 우리는 숫자 따위는 전혀 개의치 않지만! 나는 이 이야기를 동화처럼 시작하고 싶었다. 이렇게 말이다.

"옛날 옛날에 자기 키보다 조금 더 큰 행성에 살고 있는 어린 왕자가 있었어요. 그는 친구를 사귀고 싶어 했는데······."

인생을 이해하는 사람이라면 이 이야기가 훨씬 더 진실하게 느껴질 것이다.

나는 사람들이 내 책을 가볍게 읽는 것을 원하지 않는다. 이 추억을 이야기하면서 나는 깊은 슬픔을 느낀다. 내 친구가 양과 함께 떠나간 지도 벌써 여섯 해가 되었다. 내가 여기에 어린 왕자를 묘사해보려고 하는 것은 그를 잊지 않기 위해서다. 친구를 잊어버린다는 건 슬픈 일이니까. 모든 사람이 친구를 가질 수 있는 건 아니다. 그리고 나도 숫자밖에는 관심이 없는 어른들처럼 되어버릴 수도 있다. 내가 물감 한 상자와 연필을 산 것도 바로 그런 까닭에서다. 여섯 살 때 속이 보이거나 보이지 않는 보아 뱀밖에 그려본 적이 없는 사람이 이 나이가 되어 다시 그림을 그리는 것은 어려운 일이다! 물론 나는 되도록 어린 왕자와 가장 닮은 초상화를 그리려고 할 것이다. 하지만 반드시 성공할 거라는 확신이 서지 않는다.

어떤 그림은 괜찮지만 또 어떤 그림은 별로 닮지 않았다. 어린 왕자의 키도 그릴 때마다 조금씩 헷갈린다. 이 그림에서는 너무 작고 저 그림에서는 너무 크다. 어린 왕자의 옷 색깔도 자신이 없다. 그래서 나는 기억을 더듬으며 이렇게 저렇게 그려본다. 어떤 세세한 부분에 있어서는 중요한 점을 놓쳤을지도 모른다. 하지만 그 점은 나를 이해해주길 바란다. 내 친구는 무엇이든 설명해주는 법이 없었으니 말이다. 그는 내가 자신과 비슷하다고 여겼던 모양이다. 하지만 나는 불행하게도 상자 안에 있는 양을 볼 줄 모른다. 나도 조금은 어른들처럼 되어버렸는지도 모를 일이다. 나도 나이를 먹게 마련이니까.

5

나는 매일매일 행성이니 출발이니 여행이니 하는 것들을
조금씩 알게 되었다. 이런저런 생각을 하다가 우연히 그렇
게 된 것처럼 그것을 조금씩 이해해갔다. 사흘째 되던 날, 바
오밥나무의 비극을 알게 된 것도 그렇게 해서였다. 이번에도
양 덕분이었다. 어린 왕자가 문득 심각한 의문에 휩싸인 듯
내게 물어보았기 때문이다.

"양이 작은 나무를 먹는다는 게 사실이지, 그렇지?"

"응, 사실이야."

"아! 다행이다."

나는 양이 작은 나무를 먹는 게 왜 그토록 중요한지 이해
할 수가 없었다. 그때 어린 왕자가 말했다.

"그럼 나중에는 양이 바오밥나무도 먹겠지?"

나는 어린 왕자에게 바오밥나무는 작은 나무가 아닌 성당 만큼 커다란 나무이고, 코끼리 한 떼를 몰고 간다 해도 바오밥나무 꼭대기에 닿지 못할 거라고 설명해주었다.

코끼리 떼라는 내 말에 어린 왕자가 웃으며 말했다.

"코끼리들을 한 마리씩 포개놓아야겠네……."

그러고는 똑똑한 어린 왕자가 다시 말했다.

"바오밥나무도 크게 자라기 전까지는 자그마할 거 아니야."

"그렇지! 그런데 왜 양이 작은 바오밥나무를 먹어야 한다는 거지?"

어린 왕자는 당연한 걸 묻는다는 듯이 "아이참, 생각해

봐!"라고 대답했다. 그래서 나는 혼자서 어린 왕자의 이야기를 이해해보려고 한참 생각을 짜내야 했다.

실제로 어린 왕자의 행성에도 다른 행성과 마찬가지로 좋은 풀과 나쁜 풀이 있었다. 그러니까 좋은 풀의 좋은 씨앗이 있고 나쁜 풀의 나쁜 씨앗이 있다. 하지만 씨앗은 눈에 보이지 않는다. 씨앗들은 땅속에서 살그머니 잠들어 있다가 그중 하나가 잠에서 깨어나고 싶은 충동에 사로잡히는 것이다……. 그러면 그 씨앗은 기지개를 펴고 아무에게도 해를 끼치지 않는 귀엽고 자그마한 싹을 태양 쪽으로 수줍게 내민

다. 그것이 무나 장미나무의 싹이라면 그대로 자라도록 내버려두면 된다. 하지만 그것이 나쁜 싹이라면 보이는 대로 바로 뽑아버려야 한다. 어린 왕자가 사는 행성에도 골치 아픈 나쁜 씨앗이 있다……. 바로 바오밥나무 씨앗이었다. 그 행성의 땅속은 바오밥나무의 씨앗투성이였다. 그런데 바오밥나무는 너무 늦게 손을 쓰면 영영 뽑아버릴 수가 없다. 그 나무는 온 행성을 어지럽힐 뿐 아니라 뿌리를 내려 구멍을 뚫어버린다. 작은 행성에 바오밥나무가 너무 많이 자라면 결국 행성은 산산조각 나고 만다.

나중에 시간이 흐른 뒤 어린 왕자는 내게 말했다.

"그건 규율의 문제야. 아침에 일어나 단장을 마치고 나면 행성도 정성스럽게 단장해줘야 해. 바오밥나무가 아주 어릴 때는 장미나무와 무척 비슷하거든. 그래서 바오밥나무와 장미나무를 구별할 수 있게 되면 바오밥나무를 규칙적으로 뽑아줘야 해. 그건 아주 귀찮은 일이지만 아주 쉬운 일이기도 해."

그리고 어린 왕자는 내가 사는 행성의 아이들도 기억할 수 있도록 머릿속에 콕 박힐 만한 그림을 그려놓으라고 충고했다.

"아이들이 언젠가 여행을 하게 되면 그 그림이 도움이 될 거야. 할 일을 뒤로 미뤄도 아무런 지장이 없는 경우도 있어. 하지만 바오밥나무의 경우에 그랬다가는 재앙이 따르게 마

련이거든. 어느 행성에 게으름뱅이가 살고 있었어. 그 사람은 작은 나무 세 그루를 그냥 내버려두었지……."

그래서 나는 어린 왕자가 시키는 대로 그 행성을 그렸다. 나는 도덕군자처럼 말하는 걸 절대 좋아하지 않는다. 하지만 바오밥나무가 얼마나 위험한지 잘 알려져 있지 않은 데다 소행성에서 길을 잃으면 정말로 위험에 빠질 수 있어 이번 한 번만은 예외적으로 이렇게 말하려고 한다.

"어린이들아, 바오밥나무를 조심해!"

내가 이토록 그림을 열심히 그린 이유는 나와 마찬가지로 오래전부터 자신들의 위험을 알아차리지 못한 채 스쳐 지나간 내 친구들에게 교훈을 주기 위해서다. 내가 주려는 교훈은 그럴 만한 가치가 있다. 당신은 이렇게 물어볼 수도 있다. 왜 이 책에는 바오밥나무를 그린 것처럼 웅장한 그림이 또 없을까? 대답은 간단하다. 나도 그리려고 애써봤지만 그릴 수가 없었다. 내가 바오밥나무를 그렸을 때는 그만큼 절박한 심정으로 열의에 차 있었던 것이다.

6

아! 어린 왕자,

나는 조금씩 그렇게 외롭고 쓸쓸하고

단조로운 네 삶을 이해하게 되었다. 오랫동안

네 소일거리라고는 해가 저물 때의 감미로움을

느끼는 것뿐이었다. 나는 그 사실을 나흘째 되던 날 아침,

네가 했던 이야기를 듣고 알게 되었다.

어린 왕자는 이렇게 말했다.

"난 해 질 녘을 좋아해. 해가 지는 걸 보러 가자……."

"하지만 기다려야 해……."

"기다리다니, 뭘?"

"해가 지기를 기다려야지."

처음에 어린 왕자는 무척 놀란 듯 보였지만 곧 웃음을 터뜨렸다. 그러고는 내게 말했다.

"아직도 내가 살던 행성에 있는 줄 알았지 뭐야!"

실제로 그랬다. 모두 알고 있듯이 미국에서 정오가 되면 프랑스에서는 해가 진다. 프랑스까지 한달음에 갈 수만 있다면 해 지는 모습을 볼 수 있지만, 불행하게도 프랑스는 너무 멀리 떨어져 있다. 어린 왕자의 조그만 행성에서는 의자를 몇 발자국만 뒤로 물려놓으면 충분하겠지만 말이다. 그리고 그는 자신이 원할 때마다 석양을 보곤 했을 것이다.

"어떤 날은 해가 지는 걸 마흔세 번이나 본 적도 있어!"

잠시 후 어린 왕자는 다시 말했다.

"혹시 그거 알아……? 아주 슬플 때는 해 질 녘을 좋아하게 돼……."

"그럼 해가 지는 걸 마흔세 번이나 본 날, 너는 아주 슬펐겠네?"

어린 왕자는 아무 대답도 하지 않았다.

7

닷새째 되던 날, 역시 양 덕분에 어린 왕자가 가진 삶의
비밀을 알게 되었다. 그는 마치 오랫동안 묵묵히 고심했던
어떤 문제의 결과라도 내놓는 듯 내게 갑작스레 질문을 던
졌다.

"양이 작은 나무를 먹는다면 꽃도 먹을까?"

"양은 닥치는 대로 먹어."

"가시가 있는 꽃도?"

"응, 가시가 있는 꽃도."

"그럼 가시는 무엇에 소용이 있는 거지?"

그것은 나도 알지 못했다. 마침 나는 모터를 꽉 조이고 있
던 나사 한 개를 푸느라 온 정신을 팔고 있었다. 비행기의 고

장은 생각보다 심각한 상태였고, 마실 물도 점점 바닥을 드
러내고 있었다. 나는 최악의 상황에 부닥치는 건 아닐까 몹
시 걱정스러웠다.

"가시는 무엇에 소용이 있는 거냐고?"

어린 왕자는 한번 질문을 던지면 절대 포기하는 법이 없었
다. 나사 때문에 잔뜩 예민해 있던 나는 아무렇게나 대답해
버렸다.

"가시는 아무 쓸모도 없어. 꽃들이 괜히 심술
을 부리는 거라고!"

"저런!"

잠깐 침묵이 흐른 뒤 어린 왕자는
원망스러운 눈빛으로 나를 향해
쏘아붙였다.

"말도 안 돼! 꽃들은 연약
하고 순수해. 그래서 자신
이 할 수 있는 방법으로 스
스로 보호하고 있는 거야.
가시가 있으면 무서운 존
재가 된다고 믿는 거라
고……."

나는 아무런 대꾸도

하지 않았다. 그 순간 다른 생각에 빠져 있었던 것이다.

'나사가 계속 풀리지 않으면 망치로 쳐서 빼내야겠군.'

어린 왕자는 또다시 내 생각을 방해했다.

"그러니까 아저씨는 말이야, 꽃들이……."

"그만해, 그만하라고! 알게 뭐야! 그냥 생각나는 대로 대답한 것뿐이야. 난 지금 중요한 일을 하고 있다고!"

어린 왕자는 깜짝 놀라며 나를 쳐다봤다.

"중요한 일이라고 했어?"

그러고 나서 어린 왕자는 한동안 기름때로 더러워진 손에 망치를 쥐고 아주 흉물스러워 보이는 물체에 몸을 기울이고 있는 나를 물끄러미 바라보더니 이렇게 말했다.

"아저씨도 어른들처럼 말하네!"

그 말을 듣고 나는 조금 부끄러워졌다. 그렇지만 어린 왕자는 인정사정없이 또 이렇게 말했다.

"아저씨는 모든 걸 혼동하고 있어……. 모든 걸 뒤죽박죽으로 만들어놓았다고!"

어린 왕자는 무척 화가 난 듯 보였다. 그의 금빛 머리칼은 바람에 흩날리고 있었다.

"어떤 행성에 얼굴이 시뻘건 남자가 살고 있어. 그 남자는 단 한 번도 꽃향기를 맡아본 적이 없어. 별을 바라본 적도 없고 누구를 사랑해본 적도 없어. 덧셈을 하는 일 외에는 아무

것도 안 했지. 그리고 온종일 아저씨처럼 되풀이해서 말하는
거야. '난 중요한 일을 하고 있어! 난 중요한 일을 하고 있다
고!' 그 말을 하면서 남자는 교만으로 가득 차 있었지. 하지
만 그건 사람이 아니야, 버섯이지!"

"뭐라고?"

"버섯이라고!"

화가 난 어린 왕자의 얼굴은 이제 하얗게 질려 있었다.

"몇백만 년 전부터 꽃들은 가시를 만들었어. 몇백만 년 전
부터 양들은 꽃을 먹었고. 그런데도 꽃들이 왜 아무짝에도
쓸모없는 가시를 만들어내려고 그토록 애쓰는지 알려는 게
중요하지 않단 말이야? 양들과 꽃들의 갈등이 중요한 게 아
니라고? 시뻘건 얼굴의 뚱뚱한 남자가 하는 덧셈보다 급하
지도, 중요하지도 않다고? 내가 사는 행성을 빼곤 어디에도
없는, 세상에서 단 하나뿐인 꽃을 내가 알고 있다 해도, 그리
고 어느 날 아침 작은 양 한 마리가 무슨 일을 저지르는지도
모른 채 그 꽃을 먹어버린다 해도 그게 중요하지 않은 일이
냐고!"

얼굴까지 새빨개진 어린 왕자는 계속해서 말했다.

"수백 수천만 개의 별 가운데 단 하나밖에 없는 꽃을 사랑
하는 사람은 수백 수천만 개의 별을 바라보는 것만으로도 행
복할 거야. '내 꽃이 저 별 어딘가에 있겠지'라고 생각하면서

말이야. 그런데 양이 그 꽃을 먹어버리면 그 사람에게는 어느 날 갑자기 그 별들이 사라지는 거나 마찬가지라고! 그런데도 중요하지가 않다는 거야?"

어린 왕자는 더는 말을 잇지 못했다. 그러고는 갑자기 울음을 터뜨렸다. 어느새 사막에 밤이 내려앉았다. 나는 손에서 연장을 놓아버렸다. 망치니 나사니 갈증이니 죽음이니 하는 것은 아무래도 좋았다. 지금 이 순간 어떤 행성, 내가 살고 있는 이 지구 위에 위로를 간절히 필요로 하는 어린 왕자가 있지 않은가! 나는 어린 왕자를 품에 안고 가만히 달래주었다. 그러고는 이렇게 말했다.

"네가 사랑하는 꽃은 위험하지 않아······. 내가 양에게 씌울 부리망을 그려줄게······. 꽃을 보호할 덮개도 그려줄게······. 내가······."

나는 그다음에 뭐라고 말해야 할지 난감했다. 나 자신이 어설프게만 느껴졌다. 어떻게 해야 어린 왕자를 붙잡을 수 있을지, 어린 왕자와 다시 만날 수 있을지 알 수가 없었다······. 그렇게 신비로운 것이다, 눈물의 나라는.

8

나는 곧 그 꽃과 관련된 것을 더 많이 알게 되었다. 어린 왕
자의 행성에는 꽃잎이 한 겹뿐인 소박한 꽃들이 있었는데,
그것들은 조금도 자리를 차지하지 않았고 아무도 성가시게
하지 않았다. 꽃들은 아침에 잡초들 사이에서 피어났다가 저
녁이 되면 사라져버렸다.

그런데 어느 날 어디에서 실려왔는지 모를 씨앗에서 싹이
트기 시작했다. 어린 왕자는 다른 싹과는 다르게 생긴 그 싹
을 아주 유심히 지켜보았다. 새로운 바오밥나무일지도 모를
일이었다. 하지만 그 작은 나무는 곧 성장을 멈추고 꽃을 피
울 준비를 하기 시작했다. 커다란 꽃봉오리가 올라오는 걸
지켜보던 어린 왕자는 그 속에서 무언가 기적 같은 일이 일

어나리라는 예감이 들었다. 하지만 꽃은 자신의 초록색 방 안에 숨어 한없이 아름다워질 준비만 했다. 그 꽃은 꽃잎을 하나하나 정돈하면서 천천히 치장했다. 개양귀비꽃처럼 꽃 잎에 잔뜩 주름이 진 채 밖으로 나오고 싶지 않았던 것이다. 자신의 아름다움이 가장 빛을 발할 때 비로소 자신을 드러내 고 싶었으리라. 아! 정말이지 이렇게 사랑스러울 수가 있을 까! 꽃의 신비한 몸치장은 며칠 동안 계속되었다.

마침내 어느 날 아침, 동이 트는 바로 그 순간에 꽃은 얼굴 을 내밀었다. 오랜 시간 정성을 들여 몸치장을 했던 꽃은 하 품을 하며 말했다.

"아! 이제 막 잠에서 깼어…… . 미안해, 내 머리가 온통 헝 클어져 있어서…… ."

꽃을 본 어린 왕자는 감탄을 금할 수가 없었다.

"눈부시게 아름다워!"

"그래? 난 해와 같은 시간
에 태어났으니까…… ."

꽃은 상냥하게 대답했다.
어린 왕자는 꽃이 그다지
겸손하지 않다는 걸 눈치
챘다. 하지만 그 꽃은 너무
도 아름답지 않은가!

잠시 뒤 꽃은 이렇게 말했다.

"아침 먹을 시간 같은데. 내게 친절을 베풀어줄 수 있어?"

순간 어린 왕자는 몹시 당황했지만 물뿌리개에 신선한 물을 담아와 꽃의 시중을 들어주었다.

그렇게 나타난 꽃은 까다로운 허영심으로 어린 왕자를 괴롭히기 시작했다. 이를테면 어느 날 꽃은 자신의 가시 네 개를 보여주면서 어린 왕자에게 이렇게 말했다.

"발톱을 세운 호랑이들이 올 수도 있잖아!"

"내가 사는 행성에는 호랑이가 없어. 그리고 호랑이는 풀을 먹지 않아."

어린 왕자는 꽃의 말에 반박했다.

"난 풀이 아니야."

꽃이 상냥하게 대답했다.

"미안해……."

"호랑이 따위는 조금도 무섭지 않아. 다만 난 바람 부는 걸 아주 싫어해. 혹시 바람막이를 가지고 있어?"

어린 왕자는 생각했다.

'바람 부는 걸 싫어한다고…… 식물한테는 별로 좋지 않은 걸까? 이 꽃은 참 까다롭구나…….'

"저녁에는 내게 유리 덮개를 씌워줘. 네가 사는 행성은 너무 추워. 환경도 안 좋고, 시설도 제대로 갖춰져 있지 않고. 내가 살던 곳에는…….."

하지만 꽃은 하던 말을 멈추었다. 그 꽃은 씨앗 형태로 이곳에 왔다. 다른 세상을 알 리가 없었다. 뻔한 거짓말을 하려다 들킨 게 무안해진 꽃은 어린 왕자에게 죄책감을 안겨주려고 기침을 두어 번 했다.

"바람막이는……?"

"찾으러 가려고 했는데, 네가 계속 말을 시켰잖아!"

그때 꽃은 어린 왕자에게 양심의 가책을 느끼게 하려고 더 크게 기침을 해댔다.

그렇게 해서 어린 왕자는 꽃을 사랑하면서도 의심하기 시작했다. 어린 왕자는 꽃이 대수롭지 않게 하는 말도 심각하게 받아들이면서 몹시 불행해졌다.

어느 날 어린 왕자는 내게 속내를 털어놓았다.

"꽃의 말을 듣지 말걸. 꽃이 하는 말은 듣지 말았어야 해. 그저 바라보고 향기만 맡았으면 되는데……. 그 꽃은 내 행성을 향기롭게 해주었어. 그런데도 난 그걸 즐길 줄 몰랐어. 그때 발톱 이야기에도 그렇게 짜증 내지 말고 측은하게 여겼어야 하는데……."

어린 왕자는 또 이렇게 말했다.

"난 그때 아무것도 이해할 줄 몰랐어! 말이 아닌 행동으로 판단했어야 하는데……. 그 꽃은 내게 향기를 선물하고 내 마음을 환하게 밝혀주었지. 하지만 난 도망치고 말았어! 결국 그 서투른 꾀 뒤에 숨어 있는 다정함을 알아차리지 못한 거지. 꽃들은 그처럼 모순된 존재라는 걸! 난 너무 어려서 꽃을 사랑하는 법을 몰랐던 거야."

9

　나는 어린 왕자가 철새들을 따라 자신의 행성을 떠나왔으리라고 생각한다. 행성을 떠나던 날 아침, 어린 왕자는 그곳을 말끔하게 정리했다. 그는 불을 뿜는 화산을 정성스레 청소했다. 어린 왕자의 행성에는 불을 뿜는 화산이 두 개 있었다. 그래서 아침 식사를 데우는 데 아주 편리하게 이용했다. 행성에는 불이 꺼진 화산도 하나 있었다. 그렇지만 어린 왕자는 이렇게 말하곤 했다.

　"언제 어떤 일이 일어날지 모르잖아!"

　그래서 어린 왕자는 불이 꺼진 화산도 정성을 들여 청소했다. 화산들을 잘 청소해놓으면 폭발하지 않고 조용히 규칙적으로 타오른다. 화산의 폭발은 벽난로에서 타오르는 불꽃과

어린 왕자는 불을 뿜는 화산을 정성스레 청소했다.

도 같다. 물론 우리가 사는 이 지구에서 화산을 청소하기엔 우리가 너무 작다. 그래서 간혹 화산이 폭발하면 많은 곤란을 겪을 수밖에 없다.

어린 왕자는 조금은 서글픈 마음으로 바오밥나무의 마지막 싹도 뽑았다. 그는 다시는 돌아오지 못하리라고 생각했다. 그래서인지 평소 해오던 그 모든 일이 그날따라 무척이나 친밀하게 느껴졌다. 마지막으로 꽃에 물을 주고 유리 덮개를 씌워줄 때는 울고 싶은 심정이 되었다.

"잘 있어."

어린 왕자가 꽃에게 말했다. 꽃은 대답하지 않았다.

"나 갈게."

어린 왕자가 또다시 말했다.

꽃이 기침을 했다. 하지만 그것은 감기 때문이 아니었다. 마침내 꽃이 입을 열었다.

"내가 너무 바보처럼 굴었어. 나를 용서해줘. 어딜 가든 행복하길 바랄게."

어린 왕자는 꽃이 자신을 원망하지 않는 사실에 놀랐다. 그는 유리 덮개를 손에 든 채 어리둥절해서 멍하니 서 있었다. 어린 왕자는 꽃이 왜 이렇게 얌전하고 다정하게 구는지 그 이유를 알 수가 없었다.

꽃이 말했다.

"그래 맞아, 난 널 좋아해. 네가 그걸 알아차리지 못한 건 내 잘못이야. 그건 중요하지 않아. 그런데 너도 바보 같기는 마찬가지야. 부디 행복하길……. 유리 덮개는 그냥 둬. 그건 이제 필요 없어."

"그래도 바람이 불면……."

"그렇게 심한 감기에는 걸리지 않아……. 서늘한 밤공기는 내게 좋을 거야. 난 꽃이니까."

"그렇지만 벌레들이 나타나기라도 하면……."

"나비를 만나려면 애벌레 두어 마리쯤은 견뎌야 해. 나비는 정말로 아름다워. 나비가 아니면 또 누가 날 찾아와주겠어? 너는 멀리 있을 텐데. 커다란 짐승들은 하나도 무섭지 않아. 내게도 발톱이 있으니까."

그러더니 꽃은 천진난만하게 가시 네 개를 보여준 뒤 다시 말했다.

"뭘 그렇게 꾸물거리고 있어, 짜증나게. 떠나기로 했으면 빨리 가."

꽃은 자신의 우는 모습을 어린 왕자에게 보이고 싶지 않았다. 그토록 자존심이 센 꽃이었다…….

어린 왕자는 소행성 325, 326, 327, 328, 329, 330 근처에 살았다. 그래서 일거리도 찾고 견문도 넓혀볼 생각으로 그 소행성들부터 방문해보기로 했다.

첫 번째 소행성에는 왕이 살았다. 왕은 자줏빛 외투에 흰담비 모피를 걸치고는 무척 단순하지만 위엄 있어 보이는 왕좌에 앉아 있었다.

"아! 저기 신하가 한 명 왔구나!"

어린 왕자를 본 왕이 소리쳤다.

어린 왕자는 생각했다.

'나를 한 번도 본 적이 없는데 어떻게 알아볼까?'

왕들에게는 세상이 아주 간단하게 돌아간다는 사실을 몰

랐던 것이다. 왕들에게 모든 사람은 신하일 뿐이다.

"너를 잘 볼 수 있도록 가까이 오라."

왕은 마침내 누군가의 왕이 되었다는 사실에 마음이 뿌듯했는지 들뜬 목소리로 말했다.

어린 왕자는 눈을 크게 뜨고 앉을 만한 곳을 찾아보았다.

하지만 그 행성은 흰 담비 모피로 만든 왕의 화려한 망토로 뒤덮여 있었다. 그래서 어린 왕자는 계속 서 있어야 했는데, 피곤해서인지 하품이 나왔다.

"왕의 면전에서 하품을 하는 것은 예절에 어긋나는 일이다. 하품을 금지하노라."

왕은 손을 들어 명령하듯 말했다.

"하품이 나오는 걸 참을 수가 없어요. 저는 긴 여행을 한데다 잠도 못 자서……."

어린 왕자가 당황해서 말했다.

"그렇다면 하품을 하도록 허락하노라. 짐은 몇 해 전부터 하품을 하는 자를 보지 못했다. 짐에게는 네 모습이 참으로 신기하게 보이는구나. 자! 다시 한 번 하품을 해보아라. 이건 명령이다."

이번에 왕은 다그치듯 말했다.

"그렇게 무섭게 말씀하시면…… 하품을 못 하겠어요……."

어린 왕자가 얼굴을 붉히며 말했다.

"흠흠! 그렇다면 짐이 네게 명하니 어느 때는 하품을 하고 또 어느 때는……."

왕은 당황한 듯 중얼거리더니 말을 잇지 못했다. 표정도 화가 난 듯 보였는데 자신의 권위를 존중해주지 않는다고 느낀 것 같았다. 왕은 자기 말에 복종하지 않는 것을 받아들이려고 하지 않았다. 그는 절대군주였다. 하지만 선량한 왕이었기에 사리에 어긋나는 명령을 내리진 않았다. 왕은 자주 이렇게 말하곤 했다.

"짐이 어떤 장군에게 바닷새로 변신하라고 명했는데 그가 내 명령에 복종하지 않는다면 그것은 장군의 잘못이 아니라 짐의 잘못이니라."

"좀 앉아도 될까요?"

어린 왕자가 머뭇거리며 물었다.

"짐이 네게 앉으라고 명하노라."

왕은 흰 담비 모피로 만든 망토 한 자락을 근엄하게 끌어올리며 말했다.

어린 왕자는 어리둥절했다. 이렇게 작은 행성에서 왕은 도대체 무엇을 다스린다는 말일까.

"폐하, 제가 여쭈어보고 싶은 것이 있는데요……."

어린 왕자가 말했다.

"짐이 네게 질문하라고 명하노라."

왕은 궁금한 마음에 서둘러 말했다.

"폐하, 폐하는 무엇을 다스리시나요?"

"모든 것을 다스리노라."

왕은 아주 간단하게 대답했다.

"모든 것을요?"

그러자 왕은 점잖은 몸짓으로 자신의 행성과 다른 행성들 그리고 그 밖의 별들을 가리켰다.

"이 모든 것을요?"

어린 왕자가 다시 물었다.

"그래, 이 모든 것을……."

왕은 당연하다는 듯 대답했다. 그는 절대군주일 뿐만 아니라 우주의 군주이기도 했기 때문이다.

"별들이 폐하의 말에 복종하나요?"

"물론이다. 별들은 짐의 명령에 즉시 복종한다. 짐은 불복종을 용서치 않노라."

왕은 이번에도 당연한 일이라는 듯 말했다.

어린 왕자는 왕의 권력에 경탄을 금치 못했다. 어린 왕자에게도 그런 힘이 있다면 의자를 뒤로 물려놓지 않고도 하루에 마흔네 번, 아니 일흔두 번, 아니 백 번이든 이백 번이든 해가 지는 풍경을 볼 수 있었을 텐데 말이다! 그 순간 어린 왕자는 조금 슬퍼졌다. 두고 온 작은 행성이 떠올랐기 때문이다. 그는 용기를 내어 왕에게 간청했다.

"지금 해가 지는 풍경을 보고 싶어요……. 저의 청을 들어주세요……. 폐하, 해에게 지금 지라고 명령해주세요……."

"짐이 어떤 장군에게 나비처럼 이 꽃에서 저 꽃으로 날아다니라고 명하거나 비극을 쓰라고 명하거나 바닷새로 변신하라고 명했다. 그런데 장군이 그 명령에 복종하지 않는다면 그것은 장군의 잘못이겠느냐, 짐의 잘못이겠느냐?"

"폐하의 잘못이지요."

어린 왕자는 단호하게 대답했다.

"옳다. 누구에게든 그가 할 수 있는 것을 명령해야 하느니라. 권위란 무엇보다 사리에 어긋나서는 안 된다. 만약 네가 백성에게 지금 당장 바다에 몸을 던지라고 명령한다면 그들은 혁명을 일으킬 것이다. 짐이 복종을 요구할 수 있는 것은 짐의 명령이 사리에 맞기 때문이다."

"그럼 제가 간청한, 해 지는 풍경은 볼 수 없는 건가요?"

한번 질문을 던지면 절대 포기하는 법이 없는 어린 왕자가 되물었다.

"너는 해 지는 풍경을 보게 될 것이다. 짐이 그것을 명령할 것이니라. 하지만 짐의 통치술에 따라 조건이 갖추어지기를 기다려야 하느니라."

"그때가 언제인가요?"

어린 왕자가 물었다.

"흠흠!"

왕은 커다란 달력을 뒤적거리면서 한참 뭔가 찾더니 이렇게 말했다.

"흠흠, 그러니까 언제쯤인고 하니…… 언제쯤인고 하니……. 그건 오늘 저녁 일곱 시 사십 분쯤이 될 것이다! 그때가 되면 짐의 명령이 얼마나 잘 이행되는지 볼 수 있을 것이다."

어린 왕자는 하품이 나왔다. 해 지는 풍경을 당장 볼 수 없어서 실망스러웠다. 게다가 어린 왕자는 벌써 지루해졌다.

"이곳에서는 제가 할 일이 없으니 이만 가봐야겠어요!"

어린 왕자가 말했다.

"떠나지 마라."

신하를 거느리게 된 것이 자랑스러웠던 왕은 어린 왕자가 떠나는 걸 말렸다.

"그대를 대신으로 삼겠노라!"

"무슨 대신이요?"

"그러니까…… 사법대신!"

"그렇지만 여기에는 심판받을 사람이 없잖아요!"

"그건 모를 일이다. 짐은 아직 왕국을 전부 돌아보지 못했다. 짐은 너무 늙은 데다가 마차를 둘 곳도 마땅치 않고 걷기에도 힘이 드는구나."

"아, 그렇군요! 저는 이미 다 봤는데 저쪽에 아무것도 없어요……."

어린 왕자는 몸을 구부려 행성의 다른 쪽을 다시 살펴보고 나서 말했다.

"그렇다면 너 자신을 심판하도록 하라. 그것이 가장 어려운 일이니라. 다른 사람보다 자기 자신을 심판하는 일이 훨씬 더 어렵다. 너 자신을 훌륭하게 심판할 수 있다면 너는 진실로 현명한 사람일 것이다."

왕이 제법 진지한 답을 내놓았다.

"폐하, 저는 스스로 어디에서나 심판할 수 있어요. 그러니 꼭 이곳에 있지 않아도 된다고요."

어린 왕자는 고민할 필요도 없다는 듯 말했다.

"흠흠! 짐의 행성 어딘가에 늙은 쥐 한 마리가 살고 있을 것이다. 짐이 밤마다 소리를 들었다. 그 늙은 쥐를 심판하여라. 너는 상황에 따라서 사형 판결을 내릴 수도 있다. 그러니 그 쥐의 목숨은 네게 달려 있는 것이다. 하지만 그 쥐를 살려두기 위해 매번 사면을 내리도록 하라. 이 행성에 단 한 마리밖에 없기 때문이다."

왕이 말했다.

"폐하, 저는 사형 판결을 내리고 싶지 않아요. 이만 가봐야겠어요."

어린 왕자가 대답했다.

"가지 마라."

왕은 초조해져 급하게 말했다.

어린 왕자는 떠날 채비를 마쳤지만 늙은 왕을 서운하게 하고 싶지도 않았다.

"폐하, 폐하의 명령에 복종하기를 원하신다면 저에게 사리에 맞는 명령을 내려주세요. 이를테면 저에게 일 분 안에 떠나라고 명령하시는 거예요. 조건도 갖춰진 것 같은데요……."

왕은 아무런 대답도 하지 않았다. 어린 왕자는 잠시 머뭇거리다가 한숨을 쉬고는 그곳을 떠나려고 했다. 그러자 왕이 황급하게 소리쳤다.

"그대를 짐의 대사로 임명하노라."

왕은 매우 근엄한 표정을 지은 채 말했다.

'어른들은 참으로 이상하군.'

어린 왕자는 마음속으로 이렇게 중얼거리며 다시 여행을 떠났다.

II

두 번째 행성에는 거만한 사람이 살고 있었다.

"하하! 저기 나를 찬양해줄 자가 오고 있군!"

거만한 사람은 아직 먼 거리에 있는 어린 왕자를 보고 소리쳤다. 그에게 다른 사람들은 자신을 찬양해줄 자일 뿐이었다.

"안녕하세요. 괴상한 모자를 쓰고 있네요."

어린 왕자가 말을 걸었다.

"답례하기 위해 쓴 거란다. 사람들이 내게 환호를 보낼 때 멋지게 답례를 하려고. 그런데 이쪽으로는 단 한 명도 지나가지 않는구나."

거만한 사람이 말했다.

"아 그래요?"

무슨 말을 하는지 이해하지 못한 어린 왕자가 대답했다.

"손과 손을 마주쳐보렴."

거만한 사람이 어린 왕자에게 말했다.

어린 왕자는 손과 손을 마주쳤다. 그러자 거만한 사람은 모자를 벗어 들고는 겸손하게 답례를 했다.

'왕을 만났을 때보다 더 재미있네.'

어린 왕자가 속으로 중얼거렸다. 그러고는 또다시 손과 손을 마주쳤다. 거만한 사람도 또다시 모자를 벗어 들더니 답례를 했다.

그렇게 오 분쯤 되풀이하고 나자 어린 왕자는 그 놀이가 재미없고 지루했다.

"모자를 떨어뜨리려면 어떻게 해야 하나요?"

어린 왕자는 별 뜻 없이 물었다.

그렇지만 거만한 사람은 그 말을 듣지 못했다. 거만한 사람들은 오로지 찬양의 말만 들을 뿐이다.

"너는 진심으로 나를 찬양하지?"

거만한 사람이 어린 왕자에게 물었다.

"찬양한다는 게 무슨 뜻이죠?"

"찬양한다는 건 내가 이 행성에서 가장 잘생기고, 옷을 가장 멋지게 입고, 가장 부자이고, 가장 똑똑하다는 걸 인정하는 거란다."

"하지만 이 행성에는 아저씨밖에 없잖아요!"

"그래도 날 찬양해줘! 날 기쁘게 해달라고."

"예, 아저씨를 찬양해요. 그런데 그게 아저씨와 무슨 상관이 있는 거죠?"

61

어린 왕자가 어깨를 약간 으쓱거리며 말했다. 그러고는 그 행성을 떠났다.

'어른들은 정말 이상하군.'

어린 왕자는 다시 여행을 떠나면서 마음속으로 이렇게 중얼거렸다.

12

그다음으로
방문한 행성에는 술주정뱅이가
살고 있었다. 어린 왕자는 그 행성에 아주 짧은
시간 머물렀지만 그만 마음이 우울해지고 말았다.
"아저씨, 거기서 뭐 하세요?"
어린 왕자가 술주정뱅이에게 물었다. 그는 그냥
말없이 빈 병 한 무더기와 술이 가득 든 병
한 무더기를 앞에 두고 앉아 있었다.

"술을 마시지."

왠지 침울해 보이는 술주정뱅이가 대답했다.

"왜 술을 마시는데요?"

어린 왕자가 물었다.

"잊어버리려고."

술주정뱅이는 짧게 대답했다.

"무엇을 잊어버리려고요?"

측은한 마음이 든 어린 왕자가 물었다.

"부끄러운 일들을 잊어버리려고."

술주정뱅이는 고개를 떨군 채 힘없이 말했다.

"뭐가 부끄러운데요?"

그를 돕고 싶은 마음에 어린 왕자가 물었다.

"술을 마신다는 게 부끄럽지!"

술주정뱅이는 이렇게 말하고는 입을 닫아버렸다. 난감해
진 어린 왕자는 그 행성을 떠났다.

'어른들은 확실히 이상해.'

또다시 여행을 떠나면서 어린 왕자는 속으로 이렇게 중얼
거렸다.

13

네 번째로 방문한 행성에는 사업가가 살고 있었다. 그 사업가는 어린 왕자가 그곳에 다다랐을 때 고개도 들지 못할 정도로 바빴다.

"안녕하세요. 담뱃불이 꺼졌네요."

어린 왕자가 말을 건넸다.

"셋에 둘을 더하면 다섯. 다섯에 일곱을 더하면 열둘. 열둘에 셋을 더하면 열다섯. 열다섯에 일곱을 더하면 스물둘. 스물둘에 여섯을 더하면 스물여덟. 담뱃불을 다시 붙일 시간이 없어서 말이야. 스물여섯에 다섯을 더하면 서른하나. 하아! 그럼 오억 일백육십이만 이천칠백삼십일이 되는군."

"뭐가 오억인가요?"

"응? 아직 거기 있었구나? 그게…… 오억 일백만……
아…… 잊어버렸어…… 일이 너무 많아! 난 지금 중요한 일
을 하고 있어. 허튼소리 할 시간이 없다고! 둘 더하기 다섯은
일곱……."

"뭐가 오억 일백만인데요?"

한번 질문을 던지면 절대 포기하는 법이 없는 어린 왕자가
다시 물었다.

그제야 사업가는 고개를 들었다.

"난 이 행성에 오십사 년째 살고 있는데 말이다, 내가 방해

를 받았던 적은 딱 세 번뿐이야. 첫 번째는 이십이 년 전이었는데 어디서 날아왔는지 모를 풍뎅이 때문이었지. 그 풍뎅이가 아주 짜증스러운 소리를 내는 바람에 네 번이나 계산을 틀렸어. 두 번째는 십일 년 전이었는데 류머티즘 때문이었지. 운동 부족으로 말이야. 너무 바빠서 산책할 시간도 없거든. 난 중요한 일을 하는 사람이니까. 세 번째는…… 그렇지! 그러니까 오억 일백만이니까…….”

“뭐가 오억 일백만이냐고요!”

사업가는 조용히 일하기는 글렀다는 걸 깨달았다.

“때때로 하늘에 보이는 수백만 개의 작은 것 말이다.”

“파리요?”

“아니, 반짝반짝 빛나는 작은 것들 말이야.”

“별이요?”

“게으름뱅이들을 몽상에 젖게 하는 황금빛의 작은 것들. 하지만 난 중요한 일을 하는 사람이라 몽상에 젖을 시간 따위는 없지.”

“아! 별이요?”

“그렇지, 별.”

“그런데 별 오억 개를 가지고 뭘 하시려고요?”

“오억 일백육십이만 이천칠백삼십일 개야. 난 중요한 일을 하는 사람이고 계산이 아주 정확하지.”

"그 별들로 뭘 하는데요?"

"뭘 하냐고?"

"네."

"아무것도. 그냥 소유할 뿐이지."

"별을 소유한다고요?"

"그래."

"하지만 제가 만났던 왕이……."

"왕은 절대 소유하지 않아. 다스리는 거지. 그건 전혀 다른 거야."

"별을 소유하는 게 아저씨한테 무슨 소용이 있는데요?"

"부자가 될 수 있지."

"부자가 되면 무슨 소용이 있는데요?"

"또 다른 별을 살 수 있지. 만약 다른 별을 발견하게 된다면 말이다."

어린 왕자는 속으로 '이 아저씨도 술주정뱅이처럼 말하네'라고 생각했다. 그러면서도 어린 왕자는 또다시 물었다.

"별을 어떻게 소유하나요?"

"별들은 누구의 것이지?"

사업가는 투덜거리며 되물었다.

"몰라요. 누구의 것도 아니죠."

"그렇다면 그건 내 것이지. 내가 가장 먼저 그런 생각을 했으니까."

"그럼 별들이 아저씨 것이 된다고요?"

"당연하지. 주인 없는 다이아몬드를 네가 발견한다면 그건 네 것이 되는 거란다. 네가 주인 없는 섬을 발견하면 그 섬은 네 것이 되는 거고. 네가 어떤 좋은 생각을 가장 먼저 떠올리면 특허를 받아야 해. 그럼 너는 그걸 소유할 수 있어. 난 말이다, 별들을 소유했어. 나보다 먼저 그 별들을 소유해야겠다고 생각한 사람이 없었으니까."

"듣고 보니 그러네요. 그런데 그 별들로 뭘 하는데요?"

어린 왕자는 궁금해 물었다.

"관리하지. 그 별들을 세고 또 세고 한단다."

사업가가 말을 계속했다.

"그건 정말 어려운 일이야. 그렇지만 난 중요한 일을 하는 사람이라고!"

어린 왕자는 여전히 어딘가 석연치 않았다.

"난 말이에요, 머플러 하나를 가지고 있으면 그것을 목에 두르고 다닐 수 있어요. 또 꽃 한 송이를 가지고 있으면 그것을 꺾어서 가지고 다닐 수 있고요. 하지만 아저씨는 별을 딸 수가 없잖아요!"

"그래, 하지만 난 별들을 은행에 맡길 수 있단다."

"그게 무슨 말이죠?"

"작은 종이에다 내 별들이 몇 개인지 적어놓고 그 종이를 서랍에 넣은 다음 열쇠로 잠근다는 말이지."

"그게 다예요?"

"그게 다야!"

어린 왕자는 '재미있군, 꽤 시적이고. 하지만 그렇게 중요한 일은 아니잖아' 하고 생각했다.

어린 왕자에게 중요한 일이란 어른들이 생각하는 것과는 아주 달랐다.

"난 꽃 한 송이를 가지고 있는데 매일 물을 줘요. 화산 세 개를 가지고 있는데 매주 청소를 해주고요. 또 언제 어떤 일이 벌어질지 모르니 불이 꺼진 화산도 청소해주어야 해요. 내가 꽃이나 화산을 가지고 있다는 것은 그들에게 도움이 되는 일이에요. 하지만 아저씨는 별들에게 아무런 도움도 되지 못해요."

사업가는 무언가 말을 해보려고 했지만 아무 말도 하지 못했다.

어린 왕자는 그렇게 그 행성을 떠났다.

그러고는 여행하는 동안 속으로 그저 '어른들은 정말이지 아주 이상해' 하고 생각할 뿐이었다.

14

다섯 번째로 방문한 행성은 무척 흥미로웠다. 여태껏 방문했던 행성들 가운데 가장 작은 곳이었다. 가로등 하나와 가로등 켜는 사람 한 명이 겨우 서 있을 만한 자리밖에 없었다. 어린 왕자는 집도 없고 사람 사는 흔적도 없는 행성에 가로등과 가로등 켜는 사람이 무슨 소용이 있는지 도저히 이해할 수가 없었다.

그렇지만 어린 왕자는 이렇게 생각했다.

'이 사람도 어리석은 사람일지 몰라. 그래도 왕이나 거만한 사람이나 사업가, 술주정뱅이보다는 덜 어리석은 사람이지. 적어도 이 사람은 의미 있는 일을 하고 있잖아. 그가 가로등을 켤 때는 별 한 개 또는 꽃 한 송이를 태어나게 하는 거나 마찬가지니까. 그가 가로등을 끌 때는 별이나 꽃을 잠들게 하는 거고. 아주 아름다운 직업이야. 정말로 도움이 되는 일일 테고.'

어린 왕자는 다섯 번째 행성에 다다르자 가로등 켜는 사람에게 정중히 인사를 했다.

"안녕하세요. 왜 방금 가로등을 껐나요?"

"그건 명령이야. 좋은 아침."

가로등 켜는 사람이 대답했다.

"명령이 뭐죠?"

"내 가로등을 끄는 거지. 잘 자."

그러고서 그는 다시 가로등을 켰다.

"왜 또다시 가로등을 켰나요?"

"그건 명령이야."

가로등 켜는 사람이 대답했다.

"무슨 말인지 이해가 안 가요."

어린 왕자는 그가 무슨 말을 하는지 몰라 어리둥절했다.

"이해해야 할 건 아무것도 없단다. 명령은 명령일 뿐이야. 좋은 아침."

가로등 켜는 사람이 말했다. 그러고는 가로등을 껐다. 그런 다음 붉은색 체크 무늬 손수건으로 이마의 땀을 닦았다.

"난 정말 고된 일을 하고 있어. 예전에는 그럭저럭 할 만

"난 정말 고된 일을 하고 있어."

했는데……. 아침이면 가로등을 끄고 저녁이면 가로등을 켰지. 그래서 낮에는 쉬고 밤에는 잘 수 있었어."

"그럼 그 뒤에 명령이 바뀌었나요?"

"아니, 바뀌지 않았어. 바로 그게 끔찍한 거야! 이 행성은 해가 갈수록 점점 더 빨리 돌고 있는데 명령은 하나도 바뀌지 않으니!"

가로등 켜는 사람이 말했다.

"그래서요?"

어린 왕자는 궁금해 물었다.

"그래서 지금은 이 행성이 일 분에 한 바퀴씩 돌고 있으니 난 단 일 초도 쉴 수가 없어. 일 분마다 가로등을 켰다 껐다 해야 한다고!"

"그거 참 이상하네요! 아저씨네 별에서는 하루가 일 분이라니 말이에요!"

"이상할 게 전혀 없단다. 너와 함께 이야기한 지 벌써 한 달이 되었는걸."

"한 달이요?"

"그래. 삼십 분이 지났으니 삼십 일, 곧 한 달이지! 잘 자."

그리고 그는 다시 가로등을 켰다.

어린 왕자는 말 없이 가로등 켜는 사람을 바라보았다. 명령을 그토록 충실하게 지키는 그가 좋아졌다. 어린 왕자는 의자를 뒤로 물리면서 해 지는 걸 보고 싶어 했던 지난날을 떠올렸다. 어린 왕자는 자신의 친구를 도와주고 싶었다.

"저기요……, 아저씨가 쉬고 싶을 때 쉴 수 있는 방법이 있는데요……."

"난 언제나 쉬고 싶어."

가로등 켜는 사람이 말했다. 사람은 누구나 성실하게 일하면서도 때때로 게으름을 피우고 싶어 한다.

어린 왕자가 말했다.

"아저씨가 사는 행성은 세 발자국만 가면 한 바퀴를 돌 수 있을 만큼 아주 작아요. 그러니 언제나 햇빛 속에 있으려면 그저 천천히 걷기만 하면 돼요. 그러니까 아저씨가 쉬고 싶을 때 걸어보세요……. 그럼 아저씨가 원하는 만큼 낮이 길어질 테니까요……."

"그건 썩 좋은 생각이 아닌 것 같구나. 내가 원하는 건 잠을 자는 거니까."

가로등 켜는 사람이 말했다.

"그렇다면 정말 유감이네요."

어린 왕자는 한숨을 쉬며 말했다.

"그래, 유감이구나. 좋은 아침!"

가로등 켜는 사람이 말했다. 그러고는 다시 가로등을 껐다.

'저 사람은 왕이나 거만한 사람이나 술주정뱅이, 사업가

같은 사람들에게 무시를 당할 거야. 하지만 우습게 보이지 않는 사람은 저 사람뿐인걸. 그는 자기 자신이 아닌 다른 일에 열중하고 있으니까.'

어린 왕자는 더 먼 곳으로 여행을 떠나면서 이런 생각을 했다. 그리고 서운한 마음에 한숨을 내쉬며 또 이런 생각을 했다.

'내가 친구로 삼을 만한 사람은 저 아저씨뿐이었는데. 하지만 그 행성은 너무 작아서 두 사람이 있을 만한 자리가 없으니……'

어린 왕자가 그 축복받은 행성을 그리워하는 건 차마 자신에게도 고백하지 못했지만 무엇보다도 스물네 시간 동안 해가 지는 것을 천사백사십 번이나 볼 수 있기 때문이었다.

15

여섯 번째 행성은 그전의 행성보다 열 배나 더 넓었다. 그곳에는 엄청나게 커다란 책을 쓰고 있는 노신사가 살고 있었다.

"아, 저기 탐험가가 오는군!"

그는 어린 왕자를 보자 이렇게 소리쳤다. 어린 왕자는 탁자 위에 걸터앉아 숨을 고르고 있었다. 이미 많은 곳을 여행한 터라 많이 피곤했던 것이다.

"어디서 오는 거냐?"

노신사가 어린 왕자에게 물었다.

"그 커다란 책은 뭐예요? 여기서 뭘 하시는 거죠?"

어린 왕자는 노신사의 물음에 아랑곳하지 않고 질문했다.

"난 지리학자란다."

노신사가 말했다.

"지리학자가 뭔가요?"

"바다와 강, 산, 사막이 어디에 있는지 아는 사람이지."

"정말 재미있겠네요. 그거야말로 직업다운 직업이군요!"

어린 왕자는 눈을 반짝이며 말했다. 그리고 지리학자가 사는 행성을 슬쩍 훑어보았다. 이처럼 훌륭한 행성은 일찍이 본 적이 없었다.

"정말 아름다운 곳이에요. 아주 큰 바다도 있나요?"

"내가 그걸 어떻게 알겠니."

지리학자가 대답했다.

"아! (어린 왕자는 실망했다.) 그럼 산은요?"

"내가 그걸 어떻게 알겠니."

이번 대답도 마찬가지였다.

"그럼 도시나 강, 사막은요?"

"내가 그걸 어떻게 알아."

지리학자는 쓸데없는 걸 묻는다는 표정으로 말했다.

"하지만 할아버지는 지리학자잖아요!"

"그렇지. 하지만 난 탐험가가 아니란다. 이곳에는 탐험가가 절대적으로 부족해. 지리학자는 도시와 강, 산, 바다, 큰바다, 사막이 몇 개인지 세러 다니는 일을 하지 않거든. 지리학자는 대단히 중요한 사람이라서 그렇게 한가로이 돌아다닐 시간이 없어. 책상 앞을 떠날 수가 없거든. 그 대신 탐험가가 오면 그들에게 질문하고 그들의 기억을 기록해두지. 그리고 탐험가의 기억 가운데 흥미로운 점이 있으면 지리학자는 그 사람의 도덕성을 조사한단다."

"그건 왜요?"

"탐험가가 거짓말을 하는 거라면 지리책에 커다란 오류가 생길 테니까. 그리고 탐험가가 술을 너무 많이 마시지 않는지도 조사하지."

"그건 왜요?"

어린 왕자가 물었다.

"술에 취한 사람은 모든 것이 두 개로 보이기 때문이야. 그럼 지리학자는 산이 하나밖에 없는데도 두 개라고 기록할 수 있거든."

"내가 아는 어떤 사람이 있는데, 그럼 그 사람도 나쁜 탐험가가 될 수 있겠네요."

"그럴 수도 있지. 그리고 탐험가의 도덕성이 훌륭하다고 판단되면 그다음엔 그가 발견한 것을 조사하지."

"직접 가서 보나요?"

"아니, 그러면 일이 너무 복잡해지거든. 그 대신 탐험가에게 증거를 제시하라고 요구하지. 예를 들어 커다란 산을 발견했다고 하면 커다란 돌멩이를 가져오라고 요구하는 거야."

갑자기 지리학자는 흥분하며 말했다.

"그러고 보니 너도 멀리서 왔구나! 그렇다면 너도 탐험가야! 네가 사는 행성을 설명해보렴!"

그러더니 지리학자는 노트를 펴고 연필을 깎았다. 처음에는 탐험가의 이야기를 연필로 적어두고 그가 증거를 제출하면 다시 잉크로 적는다고 했다.

"시작해도 될까?"

지리학자는 호기심 가득한 눈빛으로 물었다.

"아! 제가 사는 행성은 별로 흥미로울 것 없는 아주 작은 곳이에요. 화산이 세 개 있는데 둘은 불을 내뿜고 하나는 꺼져있어요. 그렇지만 언제 무슨 일이 일어날지는 모르는 거죠."

"그래, 언제 무슨 일이 일어날지는 모를 일이지."

지리학자는 어린 왕자의 말에 동의한다는 듯 고개를 끄덕거리며 말했다.

"꽃도 한 송이 있어요."

"꽃은 기록하지 않는단다."

"왜요! 꽃이 얼마나 아름다운데요!"

"꽃은 일시적인 존재니까."

"'일시적인 존재'가 무슨 뜻이에요?"

"지리책은 모든 책 가운데 가장 귀중한 책이야. 지리책은 시대에 뒤떨어지는 법이 없지. 산이 위치를 바꾸는 일은 거의 일어나지 않으니까. 큰 바다의 물이 말라버리는 일도 그렇고. 우리는 영원한 것을 기록한단다."

"하지만 불이 꺼진 화산이 다시 깨어날 수도 있는 거잖아요. 그런데 일시적인 존재가 무슨 뜻이에요?"

어린 왕자는 다시 한 번 물었다.

"화산의 불이 꺼져 있든 다시 깨어나든 우리에게는 마찬가지란다. 우리에게 중요한 것은 산이지. 산은 움직이지 않으니까."

지리학자가 말했다.

"일시적인 존재가 무슨 뜻인가요?"

한번 질문을 던지면 절대 포기하는 법이 없는 어린 왕자는 계속 같은 걸 물었다.

"그건 '머지않아 사라져버릴지도 모른다'는 뜻이란다."

"내 꽃이 머지않아 사라져버릴지도 모른다고요?"

"물론이지."

'내 꽃은……일시적인 존재야. 세상에 맞서 자신을 보호할 수 있는 거라고는 가시 네 개밖에 없는데! 그런데 내가 그 꽃

을 행성에 혼자 있게 내버려두었어!'

이렇게 생각한 순간 처음으로 후회의 감정이 요동쳤다. 하지만 어린 왕자는 다시 마음을 다잡았다.

"저는 어떤 행성에 가보는 게 좋을까요?"

어린 왕자가 물었다.

"지구라는 행성에 가보렴. 평판이 아주 좋거든……."

지리학자는 책을 들여다보며 대답했다.

그렇게 어린 왕자는 자신의 꽃을 생각하면서 지리학자가 있는 행성을 떠났다.

16

그리하여 어린 왕자가 방문한 일곱 번째 행성은 지구였다.

지구는 그저 그런 시시한 별이 아니었다! 지구에는 백열한 명의 왕(물론 흑인 왕들도 포함해서)과 칠천 명의 지리학자와 구십만 명의 사업가와 칠백오십만 명의 술주정뱅이 그리고 삼억 천백만 명의 거만한 사람들, 다시 말해 이십억 명쯤 되는 어른이 살고 있었다.

전기가 발명되기 전까지 여섯 대륙을 통틀어 사십육만 이천오백십일 명이나 되는 가로등 켜는 사람을 두어야 했다고 설명하면 지구라는 행성의 크기가 대충 얼마나 큰지 짐작할 수 있을 것이다.

그래서 조금 멀리 떨어진 곳에서 보면 황홀하고 멋진 풍경을 볼 수 있었다. 가로등 켜는 사람들의 무리가 움직이는 모습은 흡사 오페라 발레단의 움직임처럼 질서정연했다. 맨 처음은 뉴질랜드와 오스트레일리아의 가로등 켜는 사람들의 차례다. 그들은 가로등의 불을 켜고 나면 잠을 자러 갔다. 그러고 나면 다음으로 중국과 시베리아의 가로등 켜는 사람들이 무대 위로 올라왔다. 잠시 후 그들은 무대 뒤로 몸을 감추었다. 그러면 이번에는 러시아와 인도의 가로등 켜는 사람들 차례가 되었다. 다음은 아프리카와 유럽의 가로등 켜는 사람들, 그다음은 남아메리카의 가로등 켜는 사람들, 또 그다음은 북아메리카의 가로등 켜는 사람들이 차례대로 무대에 등장했다. 그들은 무대에 등장하는 순서를 절대 헷갈리는 법이 없었다. 그야말로 장관이었다.

　오직 북극의 단 하나밖에 없는 가로등 켜는 사람과 남극의 단 하나밖에 없는 가로등 켜는 사람만이 한가롭고 태평스럽게 살고 있었다. 그들은 일 년에 두 번만 일했기 때문이다.

17

말재주를 부리려다 보면 좀 거짓말을 하는 수도 있다. 당신에게 가로등 켜는 사람들 이야기를 하면서 완전히 솔직하지 못했다. 지구를 잘 알지 못하는 사람들에게 그릇된 생각을 심어줄 수도 있기 때문이었다. 지구 위에서 사람들이 차지하는 자리는 아주 작다. 만약 지구에 사는 이십억 명의 사람이 한 공간에 모여 바짝 붙어 서 있다면 가로 삼십 킬로미터, 세로 삼십 킬로미터 정도의 공간만으로도 충분할 것이다. 어쩌면 그들을 태평양의 가장 작은 섬 위에 차곡차곡 쌓아놓을 수도 있다.

어른들은 물론 이런 말을 믿지 않을 것이다. 어른들은 자신들이 굉장히 많은 자리를 차지하고 있다고 믿는다. 어른들은 자신이 바오밥나무처럼 거대하다고 믿는다. 그러니 당신은 어른들에게 계산해보라고 일러주어야 한다. 어른들은 숫자를 좋아해서 그렇게 하면 흡족해할 것이다. 하지만 당신은 그 지루한 일에 시간을 낭비하지 말기 바란다. 그것은 쓸데없는 일이다. 당신은 내 말만 믿으면 된다.

어린 왕자는 그래서 지구에 다다랐을 때 아무도 보이지 않아서 무척 놀랐다. 그는 다른 행성에 잘못 찾아온 게 아닌가 싶어 겁을 먹었다. 그때 고리처럼 생긴 무언가가 모래 속에서 달빛을 띤 채 꿈틀거리는 것이 보였다.

"안녕."

어린 왕자는 일단 인사를 건넸다.

"안녕."

뱀도 인사를 했다.

"내가 있는 곳이 어떤 행성이지?"

어린 왕자가 물었다.

"지구야, 아프리카."

뱀이 대답했다.

"그렇구나……! 그런데 지구에는 사람이 없니?"

"여기는 사막이야. 사막에는 사람이 살지 않아. 지구는 아주 커다랗거든."

뱀의 대답을 들으며 어린 왕자는 돌 위에 앉아 하늘을 올려다보았다.

"밤하늘의 별들이 빛나는 건 누구든 언젠가는 자신의 별을 찾아낼 수 있도록 하기 위해서가 아닐까. 내 별을 봐. 바로 우리 위에 있어……. 하지만 저렇게 멀리 있다니!"

어린 왕자가 말했다.

"아름다운 별이네. 그런데 너는 여기서 뭘 하고 있는 거니?"

이번에는 뱀이 물었다.

"어떤 꽃하고 좀 문제가 생겨서."

어린 왕자가 대답했다.

"그렇구나!"

그리고 한동안 그들은 말이 없었다.

"사람들은 어디에 있니? 사막에서 사는 건 조금 외로운 것 같아……."

정적을 깨고 어린 왕자가 다시 입을 열었다.

"사람들 속에서 지내도 외로운 건 마찬가지야."

뱀이 말했다.

어린 왕자는 오랫동안 뱀을 바라보다가 말했다.

"넌 아주 재미있게 생겼구나, 손가락처럼 가느다랗고……."

"하지만 난 왕의 손가락보다 훨씬 힘이 세단다."

뱀의 말에 어린 왕자가 미소를 지었다.

"힘이 그렇게 세 보이지 않는데……. 넌 발도 없고…… 여

"넌 아주 재미있게 생겼구나, 손가락처럼 가느다랗고……."

행도 할 수 없잖아."

"난 너를 배보다 더 멀리 데려다 줄 수도 있어."

뱀은 이렇게 말한 뒤 어린 왕자의 발목을 금팔찌 모양으로 휘감았다.

"난 나를 건드리는 사람을 그가 태어난 땅으로 돌려보내 줄 수도 있지. 하지만 너는 순진하고 게다가 다른 별에서 왔으니까……."

어린 왕자가 아무런 대꾸도 하지 않자 뱀이 말을 이었다.

"너를 보니 측은한 마음이 드는구나. 그렇게 연약한 몸으로 이 냉정한 지구에 오다니. 언젠가 네가 살았던 별이 몹시 그리워지면 내가 널 도와줄게. 내가……."

"그래, 잘 알겠어! 그런데 넌 왜 그렇게 수수께끼 같은 말만 하는 거야?"

"난 모든 수수께끼를 풀 수 있으니까."

뱀은 여전히 아리송한 말을 했다. 그리고 그들은 입을 다물었다.

18

어린 왕자는 사막을 횡단하는 동안 단지 꽃 한 송이를 만났을 뿐이다. 꽃잎이 세 장밖에 없는 볼품없는 꽃이었다…….

"안녕."

어린 왕자가 먼저 말을 걸었다.

"안녕."

꽃이 말했다.

"사람들은 어디 있는 거니?"

어린 왕자가 정중하게 물었다. 꽃은 언젠가 대상(隊商, 사막이나 초원에서 활동하는 상인 무리—옮긴이) 행렬이 지나가는 걸 본 적이 있었다.

"사람들? 예닐곱 명 정도는 있을걸. 몇 해 전에 그들을 본 적이 있어. 하지만 지금은 어디에 있는지 모르는데. 바람처럼 떠돌아다니거든. 그들은 뿌리가 없어서 늘 힘겨워하지."

"잘 있어."

어린 왕자가 꽃을 향해 작별인사를 했다.

"잘 가."

꽃이 말했다.

19

어린 왕자는 어느 높은 산에 올랐다. 어린 왕자가 알던 산이라고는 무릎 높이밖에 되지 않는 화산 세 개가 전부였다. 그래서 불이 꺼진 화산을 의자처럼 사용하기도 했다.

'이렇게 높은 산에서는 이 행성과 사람들을 한눈에 볼 수 있을 거야⋯⋯.'

어린 왕자는 산에 오르며 이렇게 생각했다. 하지만 눈에 보이는 것이라고는 뾰족뾰족한 암석 봉우리뿐이었다.

"안녕."

어린 왕자는 일단 인사를 건넸다.

"안녕⋯⋯ 안녕⋯⋯ 안녕⋯⋯."

그러자 메아리가 대답했다.

'참 이상한 별이군! 모든 것이 메마르고 뾰족뾰족한 데다 고약스럽고.'

"누구세요?"

어린 왕자는 주위를 두리번거리며 말했다.

"누구세요…… 누구세요…… 누구세요……."

메아리는 같은 말을 반복했다.

"제 친구가 되어주세요. 외로워요."

어린 왕자가 말했다.

"외로워요…… 외로워요…… 외로워요……."

메아리는 여전히 말을 따라 했다.

'참 이상한 별이군! 모든 것이 메마르고 뾰족뾰족한 데다 고약스럽고. 상상력이 없는지 다른 사람이 한 말을 따라 하기나 하고……. 내 행성에 있는 꽃은 언제나 먼저 말을 걸어 왔는데…….'

20

어린 왕자는 모래 위를 걷기도 하고 바위산을 오르기도 하고 차가운 바람이 부는 눈 속을 걷기도 했다. 그렇게 오랜 시간 걷다가 마침내 길 하나를 발견했다. 모든 길은 사람들이 사는 곳으로 통하게 마련이다.

"안녕."

어린 왕자가 말했다. 그곳은 장미꽃이 만발한 정원이었다.

"안녕."

장미꽃들은 합창하듯 말했다. 어린 왕자는 꽃들을 바라보았다. 모든 꽃이 자신의 꽃과 꼭 닮아 있었다.

"너희는 누구니?"

깜짝 놀란 어린 왕자가 꽃들에게 물었다.

"우린 장미꽃이야."

이번에도 꽃들은 합창하듯 말했다.

"그렇구나!"

어린 왕자가 말했다.

어린 왕자는 자신이 무척 불행하게 느껴졌다. 어린 왕자의 꽃은 이 세상에서 자신과 같은 꽃은 어디에도 없다고 말하지 않았던가. 그런데 여기 자신의 꽃을 빼닮은 장미 오천 송이가 정원에 흐드러지게 피어 있는 것이 아닌가!

'내 꽃이 이걸 본다면 무척 자존심 상해할 거야……. 민망한 상황에서 벗어나려고 엄청나게 기침을 해대고 죽는 시늉을 하겠지. 그럼 난 꽃을 걱정하는 척해야 해. 그러지 않으면 내게 죄책감을 느끼게 하려고 정말로 죽어버릴지도 몰

라…….'

어린 왕자는 또다시 자신의 꽃을 생각했다.

'난 세상에서 단 하나뿐인 꽃을 가졌다고 생각하면서 부자라고 믿었는데, 그저 그런 평범한 장미 한 송이에 불과했다니. 거기다 내 무릎 높이밖에 안 되는 화산 세 개로는 위대한 왕자도 될 수 없어. 그중 하나는 영영 불이 꺼져버렸는지도 모르는데…….'

그리고 어린 왕자는 풀밭에 엎드려 울음을 터뜨렸다.

21

여우가 나타난 것은 바로 그때였다.

"안녕."

여우가 먼저 인사를 했다.

"안녕."

어린 왕자는 공손하게 대답한 뒤 몸을 돌렸지만 아무것도
보이지 않았다.

"여기에 있어."

사과나무 아래에서 목소리가 들려왔다.

"넌 누구니? 참 예쁘게 생겼구나……."

어린 왕자가 말했다.

"난 여우야."

"이리 와서 나랑 놀자. 난 지금 몹시 슬프거든……."

어린 왕자가 여우에게 말했다.

"난 너와 놀 수 없어. 난 길들여지지 않았거든."

여우가 말했다.

"아! 미안해."

그러나 어린 왕자는 잠깐 생각해보더니 다시 말했다.

"방금 말한 '길들여진다'는 게 무슨 뜻이야?"

"넌 이곳에 사는 아이가 아니구나. 그런데 여기서 무엇을 찾고 있니?"

여우가 말했다.

"사람들을 찾고 있는 중이야. 그런데 길들여진다는 게 무슨 뜻이야?"

어린 왕자가 다시 한 번 물었다.

"사람들은 소총을 가지고 사냥을 해. 그건 참 난처한 일이지! 사람들은 닭들을 기르기도 해. 그게 그들의 유일한 관심사거든. 너도 닭을 찾고 있니?"

이번엔 여우가 물었다.

"아니, 난 친구를 찾고 있어. 그런데 길들여진다는 게 무슨 뜻인지 말해줄래?"

어린 왕자는 똑같은 질문을 다시 했다.

"그건 사람들이 너무 잊고 있는 일이지. '관계를 만든다……'는 뜻이야."

"관계를 만든다고?"

"그래, 너는 내게 아직 수많은 다른 소년과 다를 게 없는 작은 소년에 지나지 않아. 그래서 난 네가 필요하지 않고, 너도 내가 필요하지 않지. 너에게도 나는 아직 수많은 다른 여우와 다를 게 없는 여우에 지나지 않으니까. 하지만 네가 나를 길들이면 우리는 서로에게 필요한 존재가 될 거야. 너는 나한테, 난 너한테 세상에서 단 하나밖에 없는 존재가 되는 거지……."

여우는 길게 설명을 해주었다.

"무슨 말인지 알 것 같아. 꽃 한 송이가 있는데 그 꽃이 나를 길들인 것 같아……."

어린 왕자는 고개를 끄덕이며 말했다.

"그럴 수도 있겠지. 지구에는 온갖 것이 다 있으니까……."

여우는 이해한다는 듯 말했다.

"아니! 그건 지구에서 일어난 일이 아니야."

어린 왕자가 손을 내저으며 말했다.

이 말에 여우는 몹시 궁금하다는 표정으로 말했다.

"그럼 다른 행성에서야?"

"응."

"그 행성에는 사냥꾼이 있어?"

"아니."

"희한한데! 그럼 닭은?"

"없어."

"이 세상에 완벽한 곳이란 없군."

여우가 한숨을 쉬며 말했다. 하지만 여우는 하던 이야기를
계속했다.

"내 생활은 지루하기 짝이 없어. 난 닭들을 사냥하고 사람들은 나를 사냥하지. 닭들은 모두 비슷비슷하게 생겼고 사람들도 모두 비슷하게 생겼어. 살짝 지루하지. 그런데 네가 나를 길들이면 내 생활은 행복해질 거야. 다른 모든 발걸음 소리와 구별되는 발걸음 소리를 알게 되겠지. 다른 발걸음 소리가 들리면 난 땅 밑으로 숨겠지. 하지만 네 발걸음 소리는 마치 음악처럼 땅속에 있는 나를 불러낼 거야. 저기를 봐! 저기 밀밭이 보이지? 난 빵을 먹지 않아. 밀은 나한테 아무 소용도 없어. 난 밀밭을 봐도 아무런 생각도 떠오르지 않아. 그리고 그건 슬픈 일이야! 하지만 너는 황금빛 머리칼을 가졌잖아. 네가 나를 길들이면 바로 그 점에서 아주 멋질 거란 말이야! 황금빛의 밀밭을 보면 난 너를 떠올릴 테니까. 그리고 난 밀밭에서 들려오는 바람 소리까지 좋아하게 되겠지……."

여우는 말을 멈추고 어린 왕자를 한참 동안 바라보았다.

"부탁할게…… 나를 길들여줘!"

여우가 간절함을 담은 눈빛으로 말했다.

"그럴게. 하지만 난 시간이 별로 없어. 친구들을 찾아야 하고 알아봐야 할 것도 많거든."

어린 왕자가 대답했다.

"누구든 자신이 길들이는 것만 알아볼 수 있는 법이야. 사

"네가 오후 네 시에 온다면 난 세 시부터 행복해지기 시작할 거야."

람들은 이제 더는 아무것도 알아볼 시간이 없어. 그들은 상점에서 이미 만들어진 것들을 사니까. 하지만 친구를 파는 상점은 어디에도 없기 때문에 사람들은 이제 친구를 가질 수 없는 거라고. 친구를 만들고 싶다면 나를 길들여줘!"

여우는 진심을 담아 말했다.

"그럼 뭘 하면 되는 거야?"

어린 왕자가 말했다.

"많이 참고 기다려야 해. 우선은 나한테서 조금 멀리 떨어져서 이렇게 풀밭에 앉아 있어. 그럼 내가 너를 곁눈질로 쳐다볼 거야. 너는 아무 말도 하지 마. 말은 오해를 키우는 씨앗이거든. 하지만 날마다 조금씩 더 가까이 내 쪽으로 다가와 앉아야 해……."

여우는 설명을 마쳤다.

다음 날 어린 왕자는 다시 여우를 찾아갔다.

"언제나 같은 시각에 와줄 수 있을까? 네가 오후 네 시에 온다면 난 세 시부터 행복해지기 시작할 거야. 시간이 갈수록 더 행복해지겠지. 네 시가 되면 흥분해서 안절부절못할 거야. 그리고 행복이 얼마나 값진 것인지 깨닫게 될 거고! 하지만 네가 아무 때나 온다면 난 몇 시에 마음의 준비를 해야 하는지 알 수가 없잖아……. 의식이 필요하거든."

"의식이 뭐야?"

어린 왕자에게는 처음 들어보는 단어였다.

"그것 역시 사람들이 너무나 잊고 있는 일이지. 그건 여러 다른 하루와는 다른 하루를 만들고, 여러 다른 시간과는 다른 시간을 만드는 거야. 이를테면 내가 아는 사냥꾼들에게도 의식이 있어. 그들은 목요일에 마을 아가씨들과 춤을 추지. 그래서 목요일은 아주 신나는 날이야! 그 덕분에 나도 포도 나무 밭까지 산책을 나갈 수 있고. 사냥꾼들이 아무 때나 춤을 춘다면 하루하루가 다 똑같은 날이 될 테고, 그럼 난 단 하루도 마음 편히 쉴 수 없을 테지……."

여우는 자세히 설명해주었다.

그렇게 해서 어린 왕자는 여우를 길들였다. 어느덧 떠날 시간이 가까워져 왔다.

"아! 눈물이 날 것 같아……."

여우는 슬픈 표정으로 말했다.

"그건 네 잘못이야. 난 너를 조금도 마음 아프게 하고 싶지 않았어. 그런데 네가 나한테 길들여달라고 부탁했잖아……."

어린 왕자도 마음이 좋지 않아 이렇게 말했다.

"맞아."

풀이 죽은 목소리로 여우가 대답했다.

"그런데 지금 울려고 하잖아!"

어린 왕자가 말했다.

"맞아."

이번에도 여우는 힘없이 대답했다.

"그럼 넌 아무것도 얻은 게 없잖아!"

"얻은 게 있지. 밀밭의 빛깔이 있잖아."

여우가 말했다.

"장미꽃들에게 다시 가봐. 너는 네 꽃이 세상에서 단 하나밖에 없는 꽃이라는 걸 알게 될 거야. 그리고 내게 다시 와서 작별인사를 해줘. 그럼 내가 너한테 한 가지 비밀을 선물해줄게."

어린 왕자는 장미꽃들을 다시 보러 갔다.

"너희는 내 장미와 하나도 닮지 않았어. 너희는 아직 아무것도 아니야. 아무도 너희를 길들이지 않았고 너희 또한 아무도 길들이지 않았거든. 너희는 예전의 내 여우와 같아. 예전에 그 여우는 수많은 다른 여우와 다를 게 없었지. 하지만 이제 여우는 내 친구가 되었고 세상에 단 하나밖에 없는 여우가 되었어."

어린 왕자의 말에 장미꽃들은 난처해졌다.

"너희는 아름답지만 텅 비어 있어."

어린 왕자가 계속 말을 이어갔다.

"누구도 너희를 위해 죽을 수는 없을 테니까. 물론 내 꽃도 지나가는 사람에게는 너희와 다를 바 없는 평범한 꽃으로 보이겠지. 하지만 그 꽃 하나가 너희 모두보다 훨씬 더 소중해. 내가 물을 준 것도 그 꽃이고 유리 덮개를 씌워준 것도 그 꽃이니까. 바람막이를 쳐서 보호해준 것도 그 꽃이고, 애벌레(나비가 되도록 두세 마리를 남겨둔 것은 빼고)를 잡아준 것도 그 꽃이니까. 투덜거리거나 자랑을 늘어놓거나 때로는 입을 꾹 다물고 있을 때도 내가 귀를 기울여준 건 그 꽃뿐이었어. 그 꽃은 내가 길들인 꽃이야."

그리고 어린 왕자는 여우에게로 돌아왔다.

"이제 갈게……."

어린 왕자가 작별을 고했다.

"안녕. 내 비밀은 아주 간단해. 마음으로 보아야 해. 중요한 것은 눈에 보이지 않아."

여우가 진심을 담아 말했다.

"중요한 것은 눈에 보이지 않아."

어린 왕자는 여우의 말을 기억해두려고 되뇌었다.

"네 장미꽃이 그토록 소중해진 건 네가 네 장미꽃을 위해 쓴 시간 때문이야."

여우의 당부가 이어졌다.

"내가 내 장미꽃을 위해 쓴 시간 때문이야."

어린 왕자는 이번에도 기억해두려고 되뇌었다.

"사람들은 그 진리를 잊어버렸어. 하지만 넌 그걸 잊으면 안 돼. 넌 자신이 길들인 것에 항상 책임감을 가져야 해. 넌 네 장미꽃을 책임져야 해……."

여우의 마지막 말이었다.

"난 내 장미꽃을 책임져야 해……."

어린 왕자는 이 말을 기억해두려고 몇 번이고 되풀이했다.

22

"안녕하세요."

어린 왕자가 인사를 했다.

"안녕."

철도 신호수도 인사를 건넸다.

"거기서 뭐 하세요?"

어린 왕자가 물었다.

"승객을 천여 명씩 나누고 있어. 그들을 싣고 가는 기차를 어떤 때는 오른쪽으로, 어떤 때는 왼쪽으로 보내기도 하지."

철도 신호수는 친절하게 대답해주었다.

특급열차가 불을 환히 밝히고 천둥처럼 요란한 소리를 내며 다가오더니 조종실을 뒤흔들었다.

"저 사람들은 엄청나게 바쁜가 봐요. 저들은 뭘 찾으려는 걸까요?"

궁금한 걸 못 참는 어린 왕자가 물었다.

"그들 자신도 모른단다."

철도 신호수는 고개를 저으며 말했다. 그때 반대 방향에서 불을 환히 밝힌 두 번째 특급열차가 요란한 소리를 내며 달려오고 있었다.

"벌써 돌아오는 건가요?"

어린 왕자가 고개를 갸우뚱하며 물었다.

"같은 기차의 사람들이 아니란다. 두 기차가 서로 교차하는 거지."

철도 신호수가 설명을 해주었다.

"예전에 살던 곳이 마음에 안 들었나 봐요?"

"자기가 있는 곳을 마음에 들어 하는 사람은 이 세상에 아무도 없단다."

철도 신호수가 말했다. 그러자 불을 환히 밝힌 세 번째 특급열차가 천둥처럼 요란한 소리를 내며 다가왔다.

"저 사람들은 맨 처음 떠난 승객들을 따라가는 건가요?"

기차에서 시선을 떼지 못한 채 어린 왕자가 물었다.

"그들은 따라가는 게 아니란다. 저 안에서 잠을 자거나 하품을 하는 거지. 아이들만 창문에 코를 바짝 대고 있을 뿐이야."

철도 신호수가 말했다.

"아이들만 자기가 찾는 게 무엇인지 알고 있는 거네요. 아이들은 누더기 인형을 위해 시간을 쓰잖아요. 그럼 그 인형은 아이에게 아주 소중한 게 되는 거죠. 그 인형을 빼앗으면 아이들은 울잖아요……."

어린 왕자는 자못 진지한 표정으로 말했다.

"아이들은 운이 좋구나."

철도 신호수가 말했다.

23

"안녕하세요."

이번에도 어린 왕자가 먼저 인사말을 건넸다.

"안녕."

장사꾼이 인사를 받았다. 그 장사꾼은 갈증을 없애주는 정제된 알약을 파는 사람이었다. 그 약을 일주일에 한 알씩

먹으면 무언가를 마시고 싶은 욕구를 더는 느끼지 않는다
고 했다.

"왜 그 약을 팔아요?"

어린 왕자가 물었다.

"이 약을 먹으면 시간이 엄청나게 절약되거든. 전문가들이
계산해봤는데 일주일에 오십삼 분을 절약할 수 있다는구나."

장사꾼의 설명이었다.

"그 오십삼 분으로 뭘 하는데요?"

"하고 싶은 일을 하겠지……."

어린 왕자는 속으로 생각했다.

'내 맘대로 쓸 수 있는 오십삼 분이 주어진다면 난 아주 천
천히 샘물을 향해 걸어갈 텐데……'

24

사막에서 비행기가 고장을 일으킨 지 여드레째 되는 날이
었다. 나는 마지막 남은 한 방울의 물을 마시며 장사꾼 이야
기를 듣고 있었다.

"아! 네 경험담은 정말 아름답구나! 하지만 난 아직도 비행
기를 고치지 못했고, 마실 물도 떨어졌어. 나도 천천히 샘물
을 향해 걸어갈 수 있다면 참 행복할 텐데 말이다!"

나는 어린 왕자를 보며 말했다.

"내 친구 여우는……."

어린 왕자가 말했다.

"꼬마야, 지금은 여우 이야기를 할 때가 아니야!"

"왜?"

"목이 말라 죽을 테니까……."

어린 왕자는 내 대답을 이해하지 못하고 이렇게 말했다.

"우리가 죽는다고 해도 친구가 한 명 있다는 건 좋은 일이야. 난 여우가 내 친구였다는 게 정말 기뻐……."

나는 속으로 '얼마나 위험한 상황인지 모르는군'이라고 생각했다.

어린 왕자는 배고픔도 목마름도 느끼지 않았다. 그저 햇빛만 조금 있으면 그것으로 충분했다.

그때 어린 왕자는 나를 바라보며 내 마음을 읽은 듯 말했다.

"나도 목이 말라……. 우물을 찾으러 가자……."

나는 소용없다는 몸짓을 해 보였다. 이렇게 광활한 사막에서 무턱대고 우물을 찾는 것은 가당치도 않은 짓이었다. 하지만 우리는 걷기 시작했다.

몇 시간을 말없이 걷다 보니 어둠이 내리고 별들이 반짝이기 시작했다. 나는 갈증으로 몸에 열이 나고 있어 마치 꿈속에서 그 별들을 보는 것 같았다. 어린 왕자의 말들이 내 머릿속에서 이리저리 떠돌아다니고 있었다.

"너도 목이 마르니?"

나는 어린 왕자에게 물었다. 하지만 그는 내 질문에 대답하지 않고 단지 이렇게만 말했다.

"물은 마음에도 좋은 것일 수 있어……."

나는 어린 왕자의 말을 이해하지 못했지만 잠자코 있기로 했다……. 그에게 질문을 하면 안 된다는 걸 잘 알고 있었다.

어린 왕자는 지쳤는지 자리에 앉았다. 나도 그의 곁에 다가가 앉았다. 잠시 조용히 있다가 어린 왕자가 입을 열었다.

"별들이 아름다운 건 보이지 않는 꽃 한 송이를 품고 있기 때문이야……."

"그렇지."

나는 달빛 아래 너울거리는 사막을 말없이 바라보았다.

"사막은 아름다워."

정적을 깨고 어린 왕자가 말했다.

정말 그랬다. 나는 늘 사막을 좋아했다.

우리는 모래 언덕 위에 앉아 있었다. 아무것도 보이지 않고 아무 소리도 들리지 않았다. 하지만 침묵 속에서 무언가 빛나고 있었다…….

"사막이 아름다운 건 어딘가에 우물이 숨어 있기 때문이야……."

어린 왕자가 말했다.

나는 문득 모래 속에서 새어나오는 신비로운 빛을 깨닫고 흠칫 놀랐다.

어릴 때 나는 오래된 낡은 집에서 살았는데 전해오는 이야기에 따르면 그 집에 보물이 숨겨져 있다고 했다. 물론 보물을 발견한 사람은 아무도 없었다. 어쩌면 보물을 찾으려고 한 사람도 없었을 것이다. 하지만 그 보물 이야기 덕분에 우리 집이 신비롭게 느껴졌다. 우리 집은 저 깊숙한 곳에 비밀을 감추고 있었기 때문이다…….

"맞아. 집이건 별이건 사막이건 그걸 아름답게 하는 건 눈에 보이지 않아!"

나는 어린 왕자에게 말했다.

"아저씨가 내 친구 여우와 같은 생각이어서 정말 기뻐."

어린 왕자는 미소를 띤 채 말했다.

어린 왕자가 잠들자 나는 그를 품에 안고 다시 길을 걷기 시작했다. 마음이 뭉클했다. 부서질 것 같은 보물을 안고 있는 듯한 기분이 들었다. 이 지구상에 그보다 더 부서지기 쉬운 건 없을 것 같다는 느낌마저 들었다.

나는 달빛 아래서 어린 왕자의 창백한 이마와 살며시 감은 두 눈, 바람에 나부끼는 머리칼을 바라보며 생각했다.

'내가 보고 있는 것은 껍질에 지나지 않아. 가장 중요한 건 눈에 보이지 않아…….'

어린 왕자의 반쯤 벌린 입술이 엷은 미소를 짓는 걸 보며 나는 또다시 생각에 잠겼다.

'잠들어 있는 어린 왕자가 이토록 나를 뭉클하게 하는 것은 장미꽃 한 송이에 쏟는 그의 성실함, 잠들어 있을 때조차

램프의 불꽃처럼 그의 가슴속에서 빛나고 있는 장미꽃 한 송이 때문일 거야…….'

그 순간 나는 어린 왕자가 더욱 부서지기 쉬운 존재처럼 느껴졌다. 램프를 잘 지켜주어야 한다. 바람이 지나가기만 해도 그 불꽃은 꺼질 수 있으니까…….

그렇게 나는 어린 왕자를 품에 안은 채 걸어가다가 동이 틀 무렵 우물을 발견했다.

25

"사람들은 서둘러 급행열차에 올라타지만 자신들이 무엇을 찾고 있는지 알지 못해. 그래서 초조해하며 계속 같은 자리를 맴도는 거야……."

어린 왕자가 말했다. 그러고는 다시 말을 이었다.

"그럴 필요가 없는데……."

우리가 발견한 우물은 사하라 사막에 있는 우물과는 달랐다. 사하라의 우물은 그저 모래에 파놓은 구멍일 뿐이다. 그런데 이 우물은 마을에 있는 우물과 비슷했다. 하지만 그곳에 마을이 있을 리 없었다. 나는 마치 꿈을 꾸고 있는 듯했다.

"이상하네. 모든 것이 다 준비되어 있어. 도르래, 두레박, 밧줄까지……."

나는 그저 신기하다는 듯 어린 왕자에게 말했다.

어린 왕자는 웃으며 밧줄을 잡고 도르래를 움직였다. 그러자 도르래는 바람이 오랫동안 잠들어 있을 때 낡은 풍향계가 삐걱거리는 것 같은 소리를 냈다.

"들리지. 우리가 이 우물을 깨운 거야. 우물이 지금 노래를 하고 있어······."

어린 왕자는 기쁜 듯 말했다. 나는 어린 왕자에게 힘든 일을 시키고 싶지 않았다.

"내가 할게. 너한테는 너무 무거워."

나는 우물 입구까지 천천히 두레박을 끌어올렸다. 그러고는 두레박을 우물 가장자리에 조심스레 올려놓았다. 내 귓가에 도르래의 노랫소리가 계속해서 맴돌았다. 나는 퍼 올린 우물물 위에 일렁이는 햇살을 바라보았다.

"그 물을 마시고 싶어. 물을 좀 줘······."

어린 왕자가 말했다.

나는 어린 왕자가 찾고 있던 것이 무엇인지 깨달았다! 나는 두레박을 어린 왕자의 입술에 대주었다. 그는 두 눈을 감고 물을 마셨다. 그것은 축제처럼 즐거웠다. 그 물은 분명 여느 물과는 차원이 다른 것이었다. 그 물은 별빛 아래를 내딛던 걸음, 도르래의 노랫소리, 내 두 팔의 수고로움에서 태어났다. 그 물은 마치 선물처럼 마음을 기쁘게 해주었다. 어린

어린 왕자는 웃으며 밧줄을 잡고 도르래를 끌어올렸다.

시절 크리스마스의 불빛과 자정 미사의 음악, 사람들의 따뜻한 미소는 지금처럼 내가 받은 크리스마스 선물을 더욱 빛나게 해주곤 했다.

"아저씨네 별에 사는 사람들은 정원 하나에서 장미꽃 오천 송이를 키우고 있지……. 그런데 자신들이 무엇을 찾고 있는지는 알지 못하고 있어……."

어린 왕자가 말했다.

"그들은 그것을 찾지 못하고 있지……."

나는 그 말밖에 할 수 없었다.

"하지만 그건 아마도 장미꽃 한 송이나 물 한 모금에서 찾을 수 있을지도 몰라……."

"그럴 거야."

나는 고개를 끄덕이며 대답했다.

그러자 어린 왕자가 말을 이었다.

"하지만 눈으로는 볼 수 없어. 마음으로 보아야 해."

나도 물을 마셨다. 그제야 편안히 숨을 쉴 수 있었다. 동틀 무렵의 모래는 꿀과 같은 빛깔을 띠고 있었다. 나는 그 빛깔에도 행복해졌다. 괴로워할 이유가 뭐가 있겠는가…….

"반드시 약속을 지켜야 해."

어린 왕자는 다시 내 곁에 앉으며 조용히 말했다.

"무슨 약속?"

"양에게 부리망을 그려준다고 했잖아. 난 내 꽃을 책임져야 한다고!"

나는 주머니에서 그림들을 꺼냈다. 그것을 본 어린 왕자는 웃으며 말했다.

"아저씨가 그린 이 바오밥나무는 어딘지 모르게 양배추같이 생겼어……."

"그런가!"

나는 내 바오밥나무 그림에 제법 우쭐해 있었는데 말이다!

"아저씨가 그린 여우는…… 귀가…… 조금 뿔같이 생겼고…… 그리고 너무 길어!"

어린 왕자는 또다시 웃으며 말했다.

"꼬마 친구, 너무하는 거 아니야. 난 속이 보이거나 보이지 않는 보아 뱀 말고는 그릴 줄 모른다고."

"아! 괜찮아. 아이들은 알아볼 테니까."

그래서 나는 부리망을 그렸다. 그 부리망 그림을 어린 왕자에게 건네주는데 순간 가슴이 미어지는 듯했다.

"네가 무슨 계획을 세우고 있는지 모르겠구나……."

하지만 어린 왕자는 내 말에 대답하지 않고 이렇게 말했다.

"내가 이 지구에 떨어진 지도…… 내일이면 벌써 일 년이 되는 날이야……."

그리고 잠시 침묵이 흐른 뒤 어린 왕자는 다시 말했다.

"바로 이 근처에 떨어졌지…….."

그러고는 얼굴을 붉혔다.

나는 왜인지는 모르겠지만 또다시 묘한 슬픔을 느꼈다. 그럼에도 한 가지 궁금한 것이 생각났다.

"그럼 일주일 전에 내가 너를 봤던 그날 아침, 네가 사람 사는 마을에서 몇만 리나 떨어진 이곳을 혼자 걷고 있던 것은 우연이 아니었구나. 네가 떨어졌던 그 지점으로 다시 돌아가고 있었던 거야?"

어린 왕자는 또다시 얼굴을 붉혔다.

나는 주저하면서 말을 이었다.

"아마 일 년이 되어서 그런 거겠지……?"

어린 왕자는 내 말에 다시 얼굴을 붉혔다. 내 질문에 아무런 대답도 하지 않았지만 얼굴을 붉히는 건 '그렇다'는 뜻이 아니겠는가.

"아! 난 두려워…….."

나는 불안해하며 말했다. 그때 어린 왕자가 대답했다.

"아저씨는 지금 일을 해야 하잖아. 비행기 있는 데로 돌아가. 난 여기서 기다릴게. 내일 저녁에 다시 여기로 와줘."

하지만 나는 마음을 놓을 수가 없었다. 여우가 생각났다. 길들여지면 조금 울게 될지도 모른다…….

26

우물 옆에는 폐허로 남은 오래된 돌담이 있었다. 다음 날 저녁 일을 마치고 돌아올 때 저 멀리 돌담 위에 다리를 뻗고 앉아 있는 어린 왕자가 보였다. 그리고 그가 이렇게 말하는 소리를 들었다.

"그러니까 생각이 안 난다는 거야? 여기는 절대 아니라고!"

어린 왕자가 대꾸하는 것으로 보아 또 다른 목소리가 그와 이야기를 나누고 있는 듯했다.

"아니야! 아니야! 날짜는 맞지만 장소는 여기가 아니란 말이야……."

나는 돌담을 향해 걸어갔다. 내 눈에는 아무것도 보이지도 들리지도 않았다. 그런데도 어린 왕자는 또다시 대꾸했다.

"……물론이지. 모래 위에 내 발자국이 어디서부터 시작되었는지 가서 봐. 그리고 거기에서 나를 기다리면 돼. 오늘 밤에 그리로 갈게."

나는 돌담에서 이십 미터쯤 되는 곳까지 갔지만 여전히 아무것도 보이지 않았다.

짧은 침묵이 흐른 뒤에 어린 왕자가 다시 말했다.

"네 독은 좋은 거야? 날 오랫동안 아프게 하지 않는다는 거 믿어도 되지?"

나는 가슴이 조여드는 것 같아 그 자리에 멈춰 섰다. 하지만 여전히 어떤 상황인지 알 수가 없었다.

"그럼 이제 가봐. 난 다시 내려갈 거야!"

어린 왕자가 말했다…….

그제야 비로소 돌담 아래를 내려다본 나는 기겁할 수밖에 없었다! 삼십 초 만에 사람을 죽일 수 있는 노란 뱀 하나가 어린 왕자 쪽으로 고개를 빳빳이 세우고 있었던 것이다. 나는 허겁지겁 주머니를 뒤져 권총을 꺼내며 그쪽으로 뛰어갔다. 하지만 내 발소리를 들은 뱀은 마치 잦아드는 물줄기처럼 모래 속으로 스르르 기어들어 가더니 가벼운 쇳소리를 내며 돌 사이를 교묘하게 빠져나가 버리고 말았다.

돌담에 다다른 바로 그 순간 나는 눈처럼 창백해진 내 꼬마 친구를 품에 안아들었다.

"그럼 이제 가봐. 난 다시 내려갈 거야!"

"도대체 무슨 일이야? 이젠 뱀과 이야기를 하다니!"

나는 어린 왕자가 자나 깨나 목에 두르고 있던 금빛 머플러를 풀었다. 그리고 그의 관자놀이에 물을 적셔준 뒤 황급히 물을 먹였다. 하지만 이제는 어린 왕자에게 무언가를 물어볼 용기도 나지 않았다. 그는 나를 심각하게 바라보더니 내 목을 두 팔로 감싸 안았다. 나는 소총에 맞아 죽어가는 새처럼 그의 심장이 뛰고 있는 걸 느꼈다. 어린 왕자가 내게 말했다.

"아저씨가 비행기를 고쳐서 기뻐. 이제 집으로 돌아갈 수 있겠네……."

"그걸 어떻게 알아?"

나는 뜻밖에도 비행기를 고치는 데 성공했노라고 알리려던 참이었다!

어린 왕자는 내 질문에 아무런 대답도 하지 않고 말했다.

"나도 오늘 내 행성으로 돌아가……."

그러더니 쓸쓸한 표정으로 말했다.

"내가 가는 길이 훨씬 더 멀고…… 훨씬 더 어려워……."

무언가 심상치 않은 일이 벌어지고 있다는 걸 느꼈다. 나는 어린 왕자를 어린아이처럼 품안에 꼭 껴안았다.

그렇지만 어린 왕자는 내가 붙잡을 겨를도 없이 심연 속으로 빨려들어 가고 있는 것 같았다…….

어린 왕자는 심각한 눈빛으로 저 먼 곳을 물끄러미 바라보고 있었다.

"나한테는 아저씨가 그려준 양이 있어. 또 양을 위한 상자도 있고, 부리망도 있고……."

그러더니 어린 왕자는 쓸쓸한 미소를 지었다.

나는 오랫동안 기다렸다. 어린 왕자의 몸이 조금씩 따뜻해지는 걸 느꼈다.

"꼬마 친구야, 무서웠던 모양이구나……."

어린 왕자가 두려움에 떨고 있었던 게 틀림없었다! 하지만 그는 상냥하게 웃으며 말했다.

"오늘 저녁엔 훨씬 더 무서울 텐데……."

돌이킬 수 없는 일이 생길지도 모른다는 생각이 들자 나는 또다시 몸이 얼어붙는 것 같았다. 그 웃음소리를 이제는 영영 들을 수 없을거란 생각에 견딜 수 없이 고통스러웠다. 그 웃음소리는 내게 사막의 샘물과도 같은 것이었다.

"꼬마 친구야, 다시 한 번 네 웃음소리를 듣고 싶구나……."

"오늘 밤이 딱 일 년째 되는 날이야. 내 별은 내가 일 년 전에 떨어졌던 바로 그 위에서 빛나고 있을 거야……."

"꼬마 친구야, 뱀이니 약속이니 별이니 하는 이야기는 모두 나쁜 꿈 같은 게 아닐까?"

하지만 어린 왕자는 내 질문에 대답하지 않고 이렇게 말했다.

"중요한 것은 눈에 보이지 않아……."

"물론이지……."

"꽃도 마찬가지야. 아저씨가 어느 별에 사는 꽃을 사랑하게 되면 흐뭇하게 밤하늘을 바라보게 될 거야. 어느 별이든 꽃이 피어 있을 테니까."

"맞아……."

"물도 마찬가지야. 아저씨가 내게 준 물은 음악 같았어. 도르래와 밧줄 때문에……. 기억해……? 물맛이 정말 좋았어……."

"맞아……."

"밤에는 별들을 바라봐. 내가 사는 별은 너무 작아서 지금 어디에 있는지 가르쳐줄 수 없어. 하지만 그 편이 더 나을 거야. 내 별은 아저씨에게 여러 별 가운데 하나가 되는 거잖아. 그럼 아저씨는 모든 별을 바라보는 걸 좋아하게 될 테고…… 그 별들은 모두 아저씨의 친구가 될 테니까……. 그리고 아저씨에게 선물을 하나 주고 싶어……."

어린 왕자는 다시 웃었다.

"아! 꼬마 친구, 난 네 웃음소리를 듣는 게 참 좋아!"

"그게 바로 내 선물이 될 거야……. 그건 물도 마찬가지일 거야…"

"무슨 뜻이니?"

"사람들은 모두 저마다의 별을 가지고 있어. 여행하는 사람들에게 별은 길잡이지. 또 어떤 사람들에겐 그저 반짝이는 조그만 빛일 뿐이고, 학자들은 별을 연구 대상이라고 생각하지. 내가 만난 사업가에게 별은 황금이고. 그런 별들은 모두 침묵하고 있어. 하지만 아저씨는 아무도 가지지 못한 별을 갖게 될 거야……."

"그게 무슨 뜻이니?"

"아저씨가 밤하늘의 별을 바라보면 그 별들 가운데 하나에서 내가 살고 있을 테고, 그 별들 가운데 하나에서 내가 웃고 있을 테니까. 그럼 아저씨에겐 모든 별이 웃는 것처럼 보일 거야. 그러니까 아저씨는 웃을 줄 아는 별들을 갖게 되는 거지!"

어린 왕자는 또다시 웃었다.

"그래서 아저씨의 슬픔이 가라앉으면(언젠가 슬픔은 가라앉기 마련이니까) 나를 알게 된 걸 기뻐하게 될 거야. 아저씨는 언제까지나 내 친구일 거고. 아저씨는 나와 함께 웃고 싶을 테지. 그래서 이따금 괜히 창문을 열어보겠지……. 아저씨 친구들은 아저씨가 하늘을 바라보며 웃는 걸 보고 무척 놀라겠지. 그럼 아저씨는 친구들에게 이렇게 말하는 거야. '그래, 난 별들을 보면 언제나 웃음이 나거든!' 그들은 아저씨가 미쳤다고 생각하겠지. 그럼 내가 아저씨에게 몹쓸 장난을 친 게 될 지도 모르겠네⋯⋯."

그리고 어린 왕자는 다시 웃었다.

"그럼 나는 별들이 아니라 웃음소리가 나는 조그만 방울 들을 아저씨에게 잔뜩 준 셈이 되겠네⋯⋯."

어린 왕자는 또다시 웃었다. 그러더니 이내 심각해졌다.

"오늘 밤에는⋯⋯ 오지 마⋯⋯."

"난 네 곁을 떠나지 않을 거야."

"난 아픈 것처럼 보일 거야⋯⋯ 죽어가는 것처럼 보이겠 지⋯⋯. 그럴 거야. 그러니 날 보러 오지 마. 올 필요 없어."

"난 네 곁을 떠나지 않을 거야."

하지만 어린 왕자는 걱정스러워했다.

"내가 이런 말을 하는 건…… 뱀 때문이야. 뱀이 아저씨를 물면 안 되니까……. 뱀은 심술궂어서 말이야. 괜히 장난삼아 물 수도 있거든……."

"난 네 곁을 떠나지 않을 거야."

어린 왕자는 무슨 생각이 들었는지 안심하는 눈치였다.

"맞아, 두 번째 물 때는 독이 없지……."

그날 밤 나는 어린 왕자가 길을 떠나는 걸 보지 못했다. 그는 소리도 없이 사라져버렸다. 내가 뒤쫓아갔을 때 그는 잰 걸음으로 어딘가를 향해 걷고 있었다. 어린 왕자는 나를 보자 그저 이렇게 말했다.

"아! 아저씨가 왔네……."

그러고는 내 손을 잡았다. 어린 왕자는 또다시 걱정하기 시작했다.

"아저씨가 여기 온 건 잘못이야. 아저씨 마음이 아플 거야. 내가 죽은 것처럼 보일 테니까. 사실은 그게 아닌데……."

나는 잠자코 있었다.

"있잖아, 내 몸까지 가져가기엔 거긴 너무 멀고, 또 내 몸은 너무 무거워."

나는 아무 말도 하지 않았다.

"그 몸은 벗어던진 껍질과 같을 거야. 빈 껍질이니까 슬퍼

하지 않아도 돼……."

나는 여전히 아무 말도 하지 않았다.

어린 왕자는 약간 풀이 죽은 듯했지만 다시 기운을 차리려고 애썼다.

"있잖아, 아저씨. 참 좋을 거야. 나도 별들을 바라볼 테니까. 모든 별이 나에겐 녹슨 도르래가 있는 우물로 보일 거야. 모든 별이 내게 마실 물을 주는 거지……."

나는 어떤 말도 할 수가 없었다.

"정말 재미있겠다! 아저씨는 오억 개의 방울을 갖게 되는 거고, 난 오억 개의 샘물을 갖게 되는 거니까……."

그러고 나서 어린 왕자는 아무 말도 하지 않았다. 울고 있었기 때문이다…….

"바로 저기야. 이제 나 혼자서 저만치 걸어가게 내버려둬."

그러더니 어린 왕자는 그 자리에 털썩 주저앉았다. 무서웠던 모양이다.

잠시 후 그가 말했다.

"아저씨…… 내 꽃 말이야…… 난 내 꽃을 책임져야 해! 더구나 그 꽃은 무척 연약하거든! 또 무척 순수하고. 세상에 맞서 자신을 보호할 수 있는 거라고는 가시 네 개뿐이고……."

나도 더는 서 있을 수가 없어 그 자리에 주저앉았다.

어린 왕자가 말했다.

"자…… 여기까지야……."

어린 왕자는 조금 망설이더니 자리에서 일어났다. 그러고는 발걸음을 떼었다. 나는 그 자리에서 꼼짝도 할 수 없었다.

어린 왕자의 발목 근처에서 노란 불빛이 반짝했을 뿐이었다. 어린 왕자는 한순간 그대로 서 있었다. 그는 소리를 지르지도 않았다. 그는 나무가 쓰러지듯 천천히 쓰러졌다. 모래 위라서 소리조차 들리지 않았다.

27

그게 벌써 여섯 해 전의 일이다……. 나는 지금까지 이 이
야기를 단 한 번도 해본 적이 없다. 나를 다시 볼 수 있게 된
친구들은 내가 살아 돌아왔다는 것을 무척 기뻐했다. 나는
슬펐지만 친구들에게는 이렇게 말했다.

"피곤해서 그래……."

이제 내 슬픔은 조금 가라앉았다. 그러니까…… 슬픔이 완
전히 가라앉았다는 말은 아니다.

나는 어린 왕자가 자신의 행성으로 잘 돌아갔을 거라고
믿는다. 동이 텄을 때 어린 왕자의 몸을 다시 찾지 못했으
니 말이다. 어린 왕자의 몸이 그렇게 무겁지 않았던 모양이
다……. 그리고 나는 밤이 되면 조용히 별들의 소리에 귀 기

어린 왕자는 나무가 쓰러지듯 천천히 쓰러졌다.

울이기를 좋아하게 되었다. 그것은 마치 즐거운 웃음소리가 나는 오억 개의 방울 같다…….

그런데 뜻하지 않은 일이 생겨버렸다. 내가 어린 왕자에게 그려준 부리망에 가죽끈을 달아주는 걸 깜빡하고 만 것이다! 끈도 하나 없는 부리망을 양에게 잡아맬 방법이 없을 텐데……. 그래서 나는 '어린 왕자의 별에 무슨 일이 일어난 건 아닐까? 양이 꽃을 먹어버린 건 아닐까……' 하고 초조해한다.

어느 때는 이런 생각도 한다.

'절대 그럴 리가 없어! 어린 왕자가 매일 밤 꽃에 유리 덮개를 씌워주고 양이 가까이 가지 않게 잘 보호해줄 테니까…….'

그렇게 생각하면 나는 행복해진다. 그럼 모든 별이 상냥하게 웃어준다.

어느 때는 이런 생각도 한다.

'한두 번 방심하다 보면 큰일이 일어날 수도 있을 텐데! 어느 날 저녁 어린 왕자가 유리 덮개 씌우는 걸 깜빡한다거나 양이 한밤중에 소리도 없이 나가기라도 하는 날엔…….'

그러면 작은 방울들은 모두 눈물로 변하고 만다……!

이건 정말 신비로운 일이다. 나에게 그렇듯이 어린 왕자를 사랑하는 당신에게도……. 이 세상은 우리가 알지 못하는 머

나먼 어딘가에서 양 한 마리가 장미꽃을 먹었느냐 먹지 않았느냐에 따라 달라질 수도 있으니 말이다.

하늘을 바라보라. 그리고 생각해보라. 양은 꽃을 먹었을까, 먹지 않았을까? 그러면 그 대답에 따라 모든 것이 변한다는 것을 알게 되리라…….

그리고 어른들은 그것이 그토록 중요한 일이라는 걸 절대 이해하지 못할 것이다!

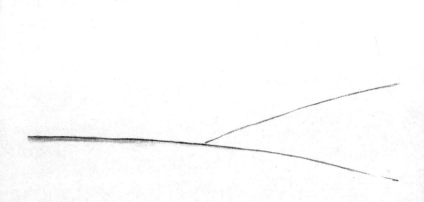

이것은 내게 세상에서 가장 아름답고도 가장 슬픈 풍경이
다. 앞의 것과 같은 풍경이지만 당신에게 좀 더 분명하게 보
여주고 싶어 또다시 그린 것이다. 어린 왕자가 이 지구에 나
타났다가 사라져버린 곳이 바로 여기다. 당신이 언젠가 아프
리카 사막을 여행하게 된다면 확실하게 알아볼 수 있도록 이
풍경을 찬찬히 살펴보길 바란다. 그리고 그리로 지나가게 되
면 부탁이니 서둘러 지나치지 말고 잠깐 별빛 아래에서 기다
려보라! 그때 금빛 머리칼을 가진 어떤 아이가 다가와 미소
를 짓고, 묻는 말에 대답하지 않는다면 당신은 그가 누구인
지 짐작할 수 있을 것이다. 그러면 부디 친절을 베풀어주길!
이토록 슬픔에 젖어 있는 나에게 서둘러 편지를 써주길 바란
다. 그 아이가 돌아왔노라고…….

옮긴이 박효은

덕성여자대학교 불어불문학과와 미술사학과를 졸업하고 이화여자대학교 통역번역
대학원에서 한불번역학 석사학위를 받았다. 현재 출판번역에이전시 베네트랜스에서
리뷰어와 번역가로 활동하고 있다. 옮긴 책으로는『행복한 사람들은 무엇이 다른가』
『좁은 문』등이 있다.

어린 왕자

초판 1쇄 발행 | 2018년 7월 8일

지은이 | 앙투안 드 생텍쥐페리
옮긴이 | 박효은

펴낸이 | 이삼영
책임편집 | 카후
마케팅 | 푸른나래
디자인 | 호기심고양이

펴낸곳 | 별글
블로그 | http://blog.naver.com/starrybook
등록 | 제 2014-000001 호
주소 | 경기도 고양시 덕양구 오금로 7 305동 1404호(신원동)
전화 | 070-7655-5949 팩스 | 070-7614-3657

ISBN 979-11-86877-82-1
     979-11-86877-81-4(세트)

• 별글은 독자 여러분의 책에 대한 아이디어와 원고 투고를 기다리고 있습니다. 책 출간을 원하시는
  분은 이메일starrybook@naver.com으로 간단한 개요와 취지, 연락처 등을 보내주세요.